即使你不在這裡

あなたはここにいなくとも

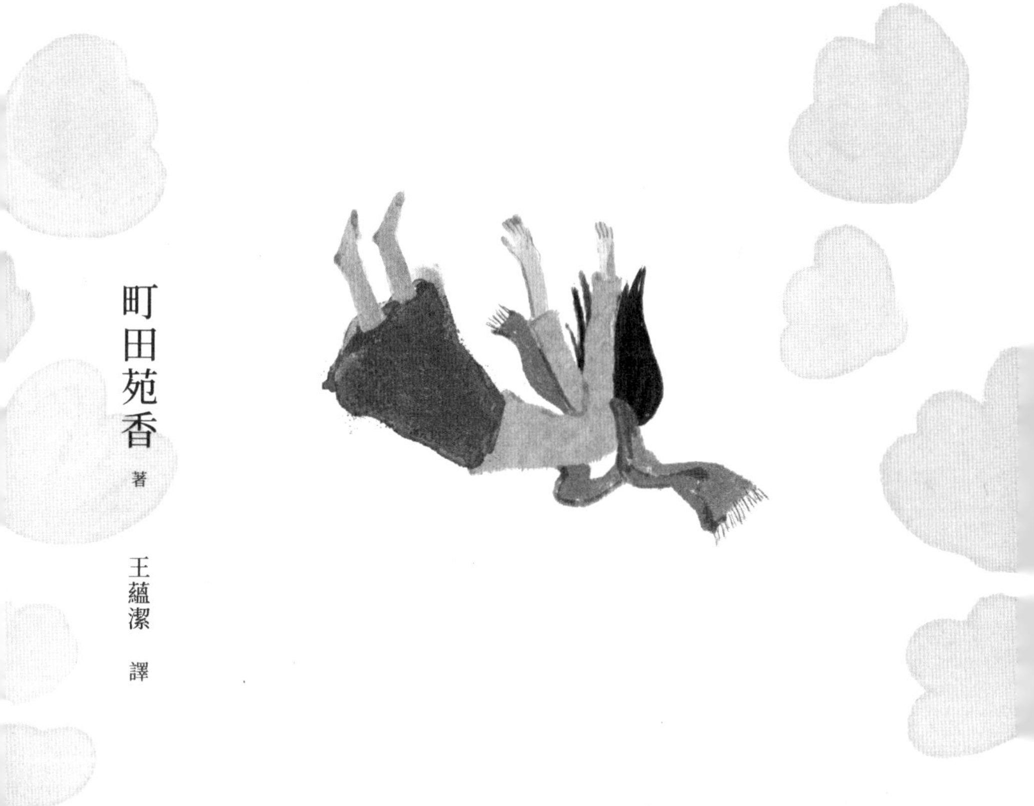

町田苑香 著

王蘊潔 譯

推薦序

什麼都不要了，因此得到輕盈

＊本文有觸及部分內容，請斟酌閱讀

作家・馮國瑄

我從小就有成爲流浪漢的幻想，總是幻想流落街頭，只能帶著隨身家當，晚上睡在路邊，白天窩在城市角落，沒人理會我，我就坐在牆角看著大家。說要當流浪漢或許太極端了，但就是希望，可以離開原本居住的城市、原本的工作，到新的地方重新開始，讓新鮮的空氣，盈飽自己的靈魂。把一切拋棄掉，孑然一身；抹去過去的痕跡，當一個新的人。

我在町田苑香的故事裡，讀到相似的靈魂。

讀町田苑香《即使你不在這裡》，五則短篇小說都有一位神奇的阿嬤，或開朗、或怪咖、或溫柔、或離奇，每位阿嬤個性鮮明，幾乎就是一部魔法阿嬤小說集。但我讀著小說，卻在這些阿嬤的魅力之外，觀察到五篇小說有個隱藏很深的共同核心，是關於拋棄、斬斷、捨離的心事。

五位女主角，不約而同都在進行人生的斷捨離。慢慢地清掉，或者反覆掙扎，或者某一刻毅然決然什麼都不要了，留下一切，轉頭就走。

〈守靈夜之夜〉女主角清陽認爲鄉下的親人既粗魯又難堪，因此不願帶著菁英男友回家，她在內心斬斷與老家的關係，企圖在城市過出新人生。〈阿婆進行曲〉古怪阿婆用敲打杯子的方式替人超渡回憶，阿婆說出值得玩味的話語：「敲壞了就結束了，那些回憶成佛升天了。」那些被遺棄的回憶，魂魄昇華。〈黑洞〉是下定決心，把爛人扔進垃圾桶，仰天大笑踏步向前走。〈人生前輩〉老奶奶在大屋裡，摩挲著今生擁有過的物件，曾經如花簇新的美好激情，如今全都不要了。

她們或斬斷原生家庭關係，或把痛苦記憶交給專業人士超渡，或看清一個爛男人，或整理自己此生積下的所有物品。在故事裡，重整自己、割捨、斬斷的意象反覆出現。

我最喜歡的一篇〈積雨雲誕生的時刻〉，積雨雲是什麼意思？我讀完好看到不行的小說，才意識到奇怪的篇名。積雨雲，或許象徵著女主角萌子內心無端的恐慌。當黑色積雨雲再度爬上晴朗的內心，萌子就會冷漠地拋棄原本幸福無虞的生活，眼睛發黑著魔一樣，孤獨地前往新的地方；必須抵達沒人認識的地方生活，內心恐慌才會平息下來。

不斷叛逃的萌子曾以爲自己是特別沒救的怪咖，但她卻在家族長輩身上也看見相似的特質，也看到她自己未來可能的模樣。

「對喜歡的人或喜歡的地方產生執著，為這種執著感到痛苦，還不如轉身離開。我想要無牽無掛一身輕。」

「要用自己的雙腳走在人生的路上，就必須丟掉自己扛不動的東西。因為背負太多東西而無法動彈，還不如輕裝上陣。有些人只能用這種方式生存。」

小說裡提出專業詞彙：「重啓症候群」，這樣的人就像游牧民族，必須不斷重啓生活。每當內心荒蕪的時候，必須再度離開，尋找水草豐美的棲息地，才能舒坦活下去。我好奇上網搜尋想了解更多，結果被小說家騙了，原來是小說家自創的詞彙，但我相信這只是一個還沒被廣受討論的議題。必須不斷歸零重新開始，才有辦法活下去。這樣的人一定有很多，潛藏在人群裡。

我對這篇小說如此著迷，因為我也是這種人。始終害怕擁有太多，過多的物資累積會壓得我喘不過氣，我必須靠著維持清簡生活，才能輕鬆、沒有恐慌活下去。當一家店去太多次，店員都記得我的時候，我就開始考慮換另一家店了，人際的牽絆始終是我的壓力。我渴望著輕盈，卻又會因為始終無法歸屬某個團體、無法安定而感到孤獨痛苦，但我只能接受自己矛盾的心理，並且試圖理解原因。

小說有一段描述讓我十分眼熱，藤江姑婆拿著一疊舊照片不斷往火堆裡扔，過去的回憶都在火焰中熔化掉了。相似的事情我也做過，我曾經發瘋似的，把所有相簿裡的照片，抽出來成一疊，一張一張最後看一眼，一張一張撕毀扔進垃圾桶裡。

把照片裡的人臉撕掉，我不免覺得自己很殘忍，卻又鬆了一口氣，終於擺脫了內心無名的痛苦。爲什麼要這麼做呢？我也搞不懂。難道我是一個特別冷漠殘忍的人嗎？

萌子說出類似的話：「既然能夠丟掉所有的一切，不就代表是冷漠無情的人嗎？是以自我為中心的人，即使丟掉的行為會傷害別人也無所謂。」

不，不是這樣的。在〈人生前輩〉，霽婆婆決心扔棄此生全部的物品，摩挲著每一項舊物，那深情的注視，啓動了物品深沉的記憶。光華散發一樣，回憶就像金色的光粒，從陳舊斑剝的舊物表面飛竄出來。此時此刻，物品全部昇華，回憶再度收復回到腦海。

物品終究是死物，成住壞空，有無法帶走、毀壞的時候，不需要執著擁有，失去了也不需要難過。記憶是無限的，是遍滿虛空、無所不在的，只要你足夠深情，隨時都能在腦海召喚出那個物件、那段畫面。

物品不重要，重要的是記憶。

作者町田苑香似乎對「捨離、遺棄、出走」主題情有獨鍾，不斷抽絲剝繭探詢同樣的主題。在她另一本短篇小說集《泅泳夜空的巧克力飛船魚》也是反覆出現遺棄、出走的意象，譬如把親人的骨灰遺棄在電車，頭也不回下車；或者罹患一種移動病，只有窩在長途卡車不斷移動才會覺得安心。又或者，隱姓埋名在一個遠方城鎮生活，沒人認識，才能舒服自在。

必須連根拔起、必須徹底斬斷、必須永遠在路上，町田苑香反覆書寫這樣的意象，也是解讀她內心的密碼。

町田苑香生長於北九州市附近的城鎮，出生求學、工作、結婚生子，沒有離開過。她說那是封閉、人際緊密、感受到監視的小地方。求學時曾經遭受同儕霸凌，但她目前依然住在故鄉，一邊創作、一邊當平凡的家庭主婦。文學創作，有時會反映出創作者內心的渴望，是否正因如此，她才會在小說裡不斷想像斬斷過往、遠走高飛呢？

經歷了上個世紀物質生活大爆炸，這個世紀的人們開始嚮往斷捨離。物質的斷捨離、人際的斷捨離，甚至戒掉滑手機、戒臉書發文也是３Ｃ斷捨離。我們都不想再擁有太多了，那會讓人喘不過氣。

最後回到心裡，是心的斷捨離，察覺自己需要什麼、究竟喜歡什麼，而又有哪些東西其實是沒有必要擁有的？斷捨離，一個一個捨去，最後更貼近自己的內心，更懂得自己的喜好品味，變得更有定見，不再誘惑動搖。

什麼都不要了，是因爲更明白自己。什麼都不要了，因此得到輕盈。

Contents

守靈夜之夜

我家最好吃的是哪一道菜？

我家最好吃的菜當然就是壽喜燒！因爲我們全家人都超愛，我尤其愛吃皮，用皮包起煮得很爛的白菜放進嘴裡，簡直就是人間美味……啊？什麼？皮就是皮啊，當然就是雞皮啊。我們家每次煮壽喜燒，都會買很多我愛吃的雞皮……咦？你們爲什麼要笑？牛肉？那是東京的做法吧？沒這回事？雖然學校的營養午餐可能也是用牛肉，但「正常」的壽喜燒都是用雞肉吧？咦？沒這回事？你們笑什麼啦，眞的很不尊重人欸！喂，你們太不尊重人了！

我夢見小學五年級的自己脹紅著臉大聲抗議。那是午休時間閒聊的景象。

「你們家最好吃的是哪一道菜？」

其他人紛紛回答奶油燉牛肉、壽司和東坡肉，壽喜燒絕對不是上不了檯面的一道菜，但是當我得意地說，我們家的壽喜燒使用的是雞肉，而且說我喜歡吃「雞皮」時，其他人都笑死了，而且那些同學發揮了小學生特有的殘酷，在畢業之前，都一直用「雞皮」這個恥辱的綽號叫我。

「爲什麼現在還會做這種夢……？」

我看著天花板，忍不住苦笑起來，我竟然還會回想起這麼無聊的事。

二十七歲的現在，可以對這種事一笑置之，但對當時的我來說，可是驚天動地的重大事件。我最愛的料理竟然被同學嘲笑說是歪門邪道，而且當時是我初戀男友福元還說我「好窮酸」，我怎麼可能保持平靜？我記得那天哭著回家，嚷嚷著明天不想再去上學了。福元直到最後都叫我「雞皮」，這種執拗消磨了我原本對他的喜歡，最後反而很討厭他。

那件事成爲我極大的心靈創傷，那次之後，我整天都提心吊膽，很擔心我家的常識和社會常識不一樣。每次發現和社會之間的「落差」就陷入絕望，獨自流淚哭泣，每次都忍不住想，如果我生在別人家，就不需要承受這些。

別人家是別人家，我們家是我們家。成長過程中，大人曾對我說過這句話無數次，我也知道這句話完全正確，但心靈創傷折磨我多年……話說回來，只不過做了一個夢，有必要這麼感傷嗎？

「喔，原來是這個原因。」

我猛然坐了起來，拿起放在床頭櫃上的明信片。一定是因爲昨天收到這張明信片，陳年的記憶才會浮現。

那是手繪信專用的和紙明信片，正面有漂亮文字寫著我的名字。翻到背面，手繪的水彩畫立刻映入眼簾。那是我的家鄉門司港[1]的風景，關門橋區分出天空和大海兩種不同質感的美麗藍色。在帶有透明感的天空部分，用漂亮的字寫著「讓我看看妳幸福的樣子」。寄信人的名字是「池上春陽」，那是我奶奶的名字。

「一定是因爲這個原因，激起了我的鄉愁。」

我小聲嘀咕著，想像著這個季節的老家，大海一定很美。柔和的海風拂過鈷藍色的水面，當令的竹筴魚也很肥美，但奶奶每次都喜歡做成酸酸的南蠻漬[2]，而且每次都做很多。以前住在老家時，每次都覺得很討厭，現在倒是有點想吃……不行不行，不要回想這些事。

奶奶今年九十四歲，但很會用智慧型手機，而且是社群網站高手。身體很硬朗，腦袋也很清楚，平時的興趣是水彩畫和跳草裙舞。她這次沒有用電子郵件，而是特地寫信給我，顯然充分了解紙張的質感和分量會留在收信人的心裡。她很清楚，明信片和可以隨手刪除的電子郵件不同，具有特別的存在感。

「可惡，我可以想像她臉上得意的表情。」

這張明信片害我夢見了不愉快的回憶。我把明信片放回床頭櫃後下了床，拉開了窗簾。窗外是一片陰沉的天空。昨天新聞報導說，九州的梅雨季節已經結束，門司港的天空必定是清澈的藍色。我很想回家，卻無法回家。奶奶不是希望我一個人回家，而是帶男友一起回去，但是我無論如何都無法做到。

聽到嘎噹一聲，我驚訝地轉頭一看，發現章吾從通往客廳那道門的門縫中探出頭，同時聞到了咖啡的香氣。

「哇，嚇了我一大跳。章吾，你什麼時候來的？」

「剛才啊，因爲看妳睡得很熟，所以就沒叫醒妳。」

章吾大聲喝著手上馬克杯中的咖啡問我：「清陽，妳要不要也來一杯咖啡？」章吾是我交往三年的男友，他是我任職的廣告公司的前輩。「我要喝。」我在回答的同時走進客廳，發現桌上放了很多袋子。我探頭一看，發現裡面都是我愛吃的食物。

「喔喔，這是我愛的紅酒，這裡有起司和烤牛肉。啊！煙燻牛肉可頌三明治，還有核桃貝果！也太完美了，簡直就是美好假日的保證！」

我忍不住眉開眼笑。我們都做業務工作，平時總是忙得分身乏術，只能努

【編註】

1 位於福岡縣北九州市門司區。

2 指將炸過的食材，浸泡在以醋為主的醃汁裡醃漬的菜品。

力擠出時間約會，這兩個月甚至連約會的時間都擠不出來。章吾被調去爲了擴大服務區域而新成立的分公司，由於分公司剛成立，所以有忙不完的業務要處理。前幾天接到他的電話，說終於可以順利安排休假了，於是我們兩個人一起請了兩天的年假。難得有機會休假，也曾經考慮過去溫泉旅行，但章吾這一陣子累壞了，我不希望他更累，於是決定在我家吃吃喝喝，一起追那部之前就很想看的殭屍連續劇。

「原本還打算晚一點和你一起去採買，現在不用出門了。章吾，謝謝你。」

「有這麼多吃的，兩天都可以窩在家裡不出門了，而且我把公司手機也關機了，哇哈哈。」章吾笑了起來，「清陽，妳也把手機關掉，否則在殭屍吃人的瞬間接到電話就太掃興了。」我豎起大拇指回答說：「我早就關機了。」他不知道我有多期待這兩天的假期，我希望章吾也好好享受，昨天晚上費了很大的工夫，才終於把房間整理乾淨。

看著章吾帶來的這些食物，我的嘴角就忍不住上揚。他一定和我一樣期待這次的休假。

章吾遞上爲我倒了咖啡的杯子，我接了過來，喝了一口後休息時，放在臥室的私人手機響起了來電鈴聲。我拿著杯子走回臥室，拿起放在枕邊的手機。螢幕上顯示是我媽打來的，我不假思索地按下了通話鍵。我有一種不祥的預感，還來不及開口說「喂」，電話彼端就傳來媽媽靜靜說話的聲音。

「清陽，奶奶去世了。」

我立刻覺得有什麼咻的一聲往下掉，不知道是不是體溫。視野一下子失去了色彩。我還在做夢嗎？因爲怎麼可能發生這種事？但是，媽媽淡淡地繼續說了下去。「今天早上一起吃完早餐，奶奶開始看談話性節目。我整理東西後準備去醫院回診，出門時去向奶奶打招呼，沒想到她睡著了。我覺得她看起來有點不太對勁，就摸了摸她的嘴巴，發現沒有呼吸了。我慌忙叫了救護車，醫院的醫生說她是衰老死亡。」

奶奶在兩個小時前離開了這個世界。我陷入茫然，媽媽叫我回去。「等一下要和葬儀社討論，但今天晚上是守靈夜，明天應該就會舉辦葬禮，所以妳早一點回來幫忙。」

一個小時後，我拎著行李袋，裡面裝了從衣櫃角落找出來的喪服，坐在新幹線上。每次經過隧道，就看到自己的臉出現在車窗上。不知道是否因爲沒有化妝的關係，整張臉死氣沉沉，看起來好像快哭出來了。不，我眞的快哭了。

我和送我到新大阪車站的章吾在臨別時吵了一架。章吾說，至少希望可以參加奶奶的守靈夜，但我拒絕了。「不用了啦，你不要去。」

我知道自己不該這麼說。因爲我態度太冷淡，說話的語氣根本可以用「兇巴巴」這三個字來形容。但我是因爲奶奶的死感到六神無主，而且聽到章吾提出的要求覺得很害怕，於是反射性地說了這句話。

「是喔，所以這樣會造成妳的困擾。既然妳這麼覺得，那就算了。」

章吾生氣時會面無表情，聲音也很平靜。他用我從來沒有聽過的低沉聲音平靜地說了這句話，我慌了手腳，但無論我再說什麼，他都聽不進去了。

「對妳來說，我就是一個可有可無的存在。」

章吾轉身離開，從頭到尾都沒有回頭，就消失在人群中。雖然我知道自己應該追上去，但仍然杵在原地，目送他的背影離去。然後搭上了新幹線。

謝謝你，那你陪我一起回去。我知道我應該這麼對他說，我應該欣然接受章吾提出的要求。我對章吾的心意感到高興，最重要的是，奶奶一直很想見他，想知道我離開老家，獨自生活後，和誰在一起，過著什麼樣的生活。

但是，我沒有勇氣這麼做。即使在這種狀況下，仍然沒有勇氣。

二十五歲之後，每次回老家探親，家人就開始有意無意地在我面前提起和「結婚」這兩個字有關的事。像是堂妹惠那已經在懷第三胎了，我的國中同學千夏之前在博多的大飯店舉辦了豪華婚禮之類的。

「據說千夏原本打算和她老公兩個人去關島結婚，但她的父母不是很虛榮嗎？於是就邀請了町議會的議員，還有獅子會的會長去參加，婚禮可熱鬧了，但是我對婚禮這種事不感興趣，只要能夠看到妳的婚紗照就心滿意足了。我只要在離開這個世界之前，能夠記住妳幸福的身影就足夠了。」

奶奶最熱心，而且直截了當地和我聊這件事。

那是半年前，我過年前回家探親的時候。我正在吃鹹年糕湯當午餐時，奶奶挪到我身旁，一臉嚴肅地說：「妳是不是該認眞考慮一下了？否則我等不到妳結婚就會翹辮子了。」然後無精打采地低下頭說：「妳有沒有喜歡的人？我想至少看看妳挑選的對象。如果沒有親眼看到妳得到了幸福，我就算死了，也會無法瞑目。」

奶奶身上總是有某個地方貼著溼藥布，我聞到了膏藥的味道，她的頭髮就像蒲公英的絨毛般雪白纖細，可以隔著頭髮，看到她粉紅色的頭皮。握在腿上的雙手滿是皺紋和老人斑，簡直就像是用模造紙做的模型。啊啊，奶奶老了。我當時這麼想。以前那個和我比賽吃炸雞塊，最後讓我輸得心服口服的大胃王奶奶已經老了。

我可能很不孝。我的心被揪緊，於是坦誠地向奶奶道歉說「對不起」。我雖然有男朋友，而且也不是不想和他結婚，只是我也有無法帶他回來見奶奶的苦衷。我字斟句酌地表達了這個意思，原本垂頭喪氣的奶奶猛然抬起了頭。

「那就帶他回家啊，光是有想要結婚的對象，就已經很棒了。至少讓我見一見他。」

奶奶的臉看起來很有光澤和彈性，炯炯有神的雙眼發亮。

「可惡！奶奶，妳竟然挖坑給我跳……」

「如果不搬出我這條老命，妳整天都顧左右而言他。」

奶奶說話時，露出了完全沒有蛀牙、她很自豪的牙齒。「既然妳已經有了這樣的對象，爲什麼不帶來家裡？我想知道妳交往的對象是什麼樣的人，也想和他聊一聊。介紹給我認識又不會少一塊肉？」

我滿腦子只想著如何才能息事寧人，結束這一回合。雖然我也打算以後要帶男友回來，但現在時機還未成熟，也不知道什麼時候才是適當時機。於是我對奶奶說，我覺得現在還沒到那個階段，請她再等一陣子。我以爲這個話題可以就此打住，沒想到坐在我對面喝酒的爸爸冷笑一聲說：

「八成是沒出息的男人，所以才不敢帶回來和父母見面。」

他一臉不耐煩地說，然後打了一個很大聲的酒嗝，旁若無人的低俗聲音很刺耳。我感覺到內心有一把無名火燒了起來，但仍然努力用平靜的聲音問：「什麼意思？」爸爸咕嚕一聲，喝完了杯子裡的酒，徒手抓起年菜的栗子餅，伸出舌頭吃了起來。

「我是說，八成是一輩子沒本事的傢伙，所以才不敢帶回來給父母看，哼哼。」爸爸冷笑起來，「這種人，見了也是浪費時間，妳千萬別帶回來。」

爸爸被酒醺紅的鼻頭和眼神渙散的雙眼，顯示他已經醉得不輕。面對這張看了很多年的臉，我的理智線一下子斷裂。當我回過神時，發現自己把手上的筷子丟了過去。筷子打中了爸爸髮際線嚴重後退的額頭，他露出了愕然的表情。

「清陽，妳想幹嘛！」

「我才要問你想幹嘛！」

我站了起來，俯視著爸爸。

「因爲家裡有人上不了檯面，所以我才沒辦法帶男友回家。」

不知道爸爸是不是沒有理解這句話的意思，不停地眨著眼睛。我對著他的呆樣露出苦笑，他才終於搞清楚狀況。「妳說什麼？妳這個不孝女！」他正準備站起來，但雙腳發軟，才起身一半，就跌倒在地。他用腳把桌子踢了起來，我剛才在吃的鹹年糕湯的碗打翻了。

「妳、妳竟然這麼沒大沒小，趕快向我道歉！」

「看看你自己的樣子，簡直就像翻身的烏龜，還在那裡囂張。我哪敢把因爲過年，大白天就喝得爛醉的父親介紹給別人？你有臉這麼做，我還沒臉介紹呢！」

「妳說什麼！妳這個不孝女！給我過來，看我怎麼揍妳！」

爸爸的臉脹得通紅，對我大聲咆哮。奶奶抓著我的衣服下襬對我說：「清陽，妳就少說一句，不要和醉鬼吵架。」但是，我撥開了奶奶的手。

「那我就老實告訴你，因爲不敢讓他看到我的家人，所以無法帶他回家，即使我想結婚也結不了！」

我在說蠢話。另一個我在腦袋角落想。都老大不小了，還在大呼小叫這種話。但是，感情的閥門一旦打開，就無法再關上。爸爸噴著口水叫我滾出去，說我毀了過年的氣氛。「偶爾才回家一趟，如果回家之後只會踐踏家人，妳現在馬上給我滾出去！」所以，我不顧奶奶拚命挽留，轉身收拾完東西衝出了家門，回到了大阪的租屋處。

半年的時間過去了。我既沒有回過家，也從來沒有打過一通電話。收到奶奶的電子郵件之後，雖然會回一些不痛不癢的內容，但我很清楚，那絕對不是奶奶想要的回答。

「奶奶，對不起。」我小聲嘟囔，「我這個孫女很不孝，對不起。」

梅雨季節結束的門司港和我今天早上起床時想像的一樣，一片晴空萬里。陽光很刺眼，路上的行人都穿著夏天的衣服，搭計程車來到綠意盎然的風師山山麓的老家時，看到院子前搭著白色帳篷，兩個穿著白襯衫和黑長褲的男人正在設置接待桌，可能是葬儀社的人。我向他們點了點頭，走進家裡，聽到媽媽正大聲地不知道在和誰說話。

「勝弘眞的變了，自以爲是老大，擺出一副很了不起的樣子，數惠竟然受得了他。」

媽媽聊天的對象是堂妹惠那。我走去聲音傳來的客廳，發現她們正坐在那裡喝茶。惠那先發現了我，叫了一聲：「清姊。」

「妳這麼早就到了，辛苦了。」

惠那是我叔叔的女兒，比我小三歲。高中畢業的同時結了婚，半年後就生了孩子，也就是所謂的先有後婚。三年後，又生了第二個孩子，目前正在懷第三胎。她的肚子已經大得快撐破了，一問之下才知道，預產期是昨天。

「這孩子遲遲不肯讓我卸貨，奶奶生前很期待看到他生下來。」

惠那可能已經哭過了，從高中時代就總是化了全妝的眼睛又紅又腫。

媽媽說，奶奶已經從被救護車送去的醫院送了回來，目前遺體安置在兩間打通的和室，於是我走了過去。裡面那間彷彿變成了殯儀館的和室中央，奶奶躺在她平時使用的被褥上，蓋在她臉上的白布看起來格外潔白。

「醫生說，奶奶完全沒有任何痛苦，安然陷入長眠。」

媽媽發出「嘿喲」的聲音在奶奶遺體旁坐下來後說：「奶奶，清陽回來了。」平時我回來探親時，媽媽也都這麼對奶奶說，只是奶奶沒有回答。媽媽拿下了白布，奶奶的臉看起來很安詳，只是好像失神般微微張著嘴巴。啊啊，奶奶眞的死了。我終於體會到這件事，「對不起」這三個字已經衝到了喉嚨，但我吞了下去，對著奶奶說：「好久不見。」我端詳著奶奶，媽媽嘆著氣說：

「爸爸和勝弘叔叔一起去葬儀社討論葬禮的事。奶奶平時對自己不是很節儉嗎？說講究排場很難看，也很討厭鋪張，所以我和爸爸都覺得不需要辦大規模的葬禮，但勝弘叔叔不同意，說什麼要顧及客戶的觀感。」

「根本不必理會我爸爸，奶奶活著的時候，他根本沒有好好照顧奶奶。」惠那不以爲然地說，「不光是奶奶，他根本不關心家人，滿腦子只想著公司和女人。」

「滿腦子只想著公司也就罷了，他和外面那個女人還在繼續交往嗎？」

我忍不住問，惠那撇著嘴角笑了起來。

「他被那個女人甩了，人家發現他身上沒了錢的味道，就拍拍屁股走人了。」

爸爸的弟弟、惠那的爸爸勝弘叔叔在小倉經營安養院。他原本是被安養院僱用的長照經理，後來自立門戶，目前是經營四家安養院的企業家。我記得他以前待人親切，但隨著生意越做越大，態度也越來越囂張，衣著打扮更是越來越花俏，最後甚至在外面養女人，而且還說那個女人是他的秘書，無論走去哪裡都帶著她出雙入對，肆無忌憚地黏在一起。

「妳說叔叔身上沒了錢的味道是怎麼回事？」

「他開的第四家安養院走的是高級路線，專門爲有錢人設計。無論內部裝潢還是食材都很講究，洗澡水還特地用水車從由布院運來溫泉水，但因爲入住的費用太高，完全乏人問津，每天只要一開門就等於在那裡燒錢。」

惠那說，那家安養院只有債務越積越多，最後只能放棄另外兩家安養院塡錢坑。她幸災樂禍地談論著她父親面臨的困境。

「雖然不知道賣了那兩家後能不能讓他的生意起死回生，但如果成功的話，他可能又會去拈花惹草。」

「是喔，眞傷腦筋……但是現在聊這些事沒問題嗎？嬸嬸呢？」

我慌忙打量周圍。惠那的媽媽——叔叔的妻子數惠嬸嬸是個文靜懦弱的人，向來默許她丈夫的所作所爲，即使這樣，應該也不想聽到別人討論這些事。惠那說：「我媽帶我的孩子去便利商店了，那兩個孩子剛才還在院子裡玩，但似乎覺得玩膩了。」

「原來是這樣，那妳老公呢？」

惠那的丈夫阿洵是她的高中同學，高中畢業後，就開始在汽車修理廠上班。聽說他在學生時代闖了不少禍，但現在是一個很溫和的年輕人。雖然我很少見到他，但曾聽奶奶說，他很疼愛孩子。因爲奶奶死得突然，我以爲他還在上班，沒想到惠那露出兇神惡煞般的表情說：

「清姊，妳就當他死了。那傢伙竟然在外面偷吃。」

「不會吧！」我小聲叫了起來。

「人渣，他是人渣，」惠那咬牙切齒地說，「我挺著這麼大的肚子，還要照顧兩個小孩，他竟然跑去和高中女同學偷偷見面，一起去喝酒，眞是個大爛人。」

惠那說，她的另一個朋友看到他們在居酒屋親密地聊天，於是偷拍下他們的照片傳給惠那，惠那才會發現這件事。阿洵辯稱，惠那整天都只顧孩子，他覺得自己被冷落了，但惠那覺得這些說詞根本是鬼扯。

「那個小的現在晚上還會哭鬧，更何況我快生了，原本就睡不好。我因爲睡眠不足，整天都昏昏沉沉，哪有心思和他親熱。我決定和他離婚、離婚！」

惠那在一個星期前，搬離了原本和阿洵同住的公寓，目前帶著孩子住在這裡。我問她爲什麼不回自己的娘家，她回答說：

「我不想看到我爸的臉。因爲我爸絕對會自以爲是地說什麼我已經有三個孩子了，仍然缺乏身爲母親的自覺，他要罵也是該罵沒有身爲父親自覺的阿洵啊！而且我和在外面養女人，整天花天酒地的人住在同一個屋簷下，一定會壓力大到想死。我沒有把這次的事告訴他，他根本什麼都沒發現，剛才遇到他時，他竟然對我說『妳這麼快就來了啊』，超白痴的。」

惠那嘿嘿笑了起來，然後看著奶奶說：

「但是幸好來了這裡，雖然給大伯、伯母添了麻煩，但奶奶說，她很高興可以和曾孫一起生活，所以我想她最後度過了一小段美好的時光。」

「這樣啊……」

無論惠那是基於什麼原因回來，但對奶奶來說，無疑是快樂的時光。奶奶很喜歡小孩子，每次都和小孩子玩得很投入。惠那用感傷的聲音說：

「昨天她也一直幫我照顧孩子，伯母就帶我去了碧綠城堡，沒想到大贏特贏，我們一直開到大獎。」

「我好久沒有玩拉霸機贏這麼多了，難怪大家都說孕婦的手氣很好，我也沾光贏了不少，所以我們昨天晚餐吃了烤肉，奶奶也一直說好吃、好吃。昨天的晚餐太豐盛了。」

媽媽和惠那相視而笑，我察覺到自己的表情漸漸僵硬。

「等一下，妳們把兩個精力旺盛的幼兒交給九十多歲的奶奶，自己去玩拉霸機嗎？媽媽，妳是要洗腎的病人，惠那不是快要生了嗎？」

「只是坐在那裡，不會有什麼大礙。」惠那若無其事地說。

「對啊對啊，而且只是散完步，順便去那裡而已。我們壓力都很大，所以剛好可以散心，對不對？」

媽媽不以爲意地說，但是我很清楚，媽媽每天都去那裡。

「別騙了，妳這個月也領到了全勤獎吧！」

碧綠城堡發行了會員卡，每次去那裡，就可以集點數。媽媽爲了集點數，每天都去那裡報到。媽媽可能被我說中了，露出了尷尬的表情，但立刻把頭轉到一旁，嘟著嘴說：「我也是爲了身體健康多走路而已，而且我想去哪裡就去哪裡啊。」

我用力閉上嘴巴，搖了搖頭。

我難以相信，也不願意相信，竟然有母親把孩子丟給老人，自己跑去玩拉霸機，簡直沒有常識到了極點，而且我媽明明是病人，竟然也和她一起去。

我差點昏倒，暗自慶幸沒有帶章吾回來。我要怎麼向他介紹這些家人？他一定會看不起我。因爲之前章吾介紹了他的家人給我認識，他們都是很優秀的人。

交往兩年多時，我去了章吾的老家。章吾的老家在有馬溫泉[3]附近，於是他邀我去溫泉旅行，順便去他家。想到要見對方家人所代表的意義，我當時很緊張。

章吾的父母是性情溫和、充滿知性的人，兩個人都是高中老師，他的母親是教務主任。我跟著章吾走進客廳時，看到一整面牆都是書架，裡面放了滿滿的書，從文學小說到藝術雜誌，還有一些費解的教育論相關書籍，以及據說是章吾小時候看的童書。我拿起一本看起來最舊的童書，發現破損的書背都修補好了。因爲他們都看了很多次，最後全家人都可以把童書中的內容背出來了。書架上還有章吾小時候的相冊，皮革封面的相冊很厚，除了照片以外，旁邊還貼了記錄當時狀況的便條紙。二月十四日（晴天）第一次去美術館，認識了盧梭。九月二日（陰天）學會了自由式的打水。相冊中用這種方式記錄了他的成長。生日的時候，一起圍在家人親手做的蛋糕旁；新年的時候，穿上新衣去神社祭拜，到處可以感受到章吾在關愛中長大的痕跡。

章吾的父親熱愛閱讀，自稱是「書蟲」，他母親的興趣是手工藝。接待客人的沙發上鋪了一塊漂亮的蕾絲編織沙發罩布，他的母親語帶害羞地說，她花了半年的時間才終於編織完成。「雖然章吾說沙發罩布很礙事，但是用了罩布之後，原本的舊沙發看起來就很有質感，所以還可以繼續使用。」我稱讚說很漂亮，能夠織出這麼漂亮的罩布很了不起。我的手很笨拙，連圍巾也織不好，所以很崇拜手巧的人。

我在對章吾的父母說話時，腦海中一直浮現住在門司港的父母的臉。爸爸只要一有空就喝酒，媽媽的興趣是玩拉霸機。我小時候的照片都隨手丟進仙貝老舖「吉仙貝」的仙貝鐵罐，但某次大掃除之後就下落不明了。客廳電視上方那張放大的照片，成爲唯一留下的照片。那是我讀幼兒園時去小倉賽馬場，在賽前圍場被馬咬住頭髮，我忍不住大哭的照片。爸爸覺得我一臉快被吃掉的驚恐表情大叫的樣子很有趣，所以一直貼在那裡。

看到章吾和他媽媽和樂融融聊天的樣子，我不由得感到心痛。如果他們見

3 神户、大阪和京都周圍廣為人知的溫泉鄉。

到我的父母，一定會很傻眼。因爲我和章吾成長的環境簡直天差地遠。

「唉，眞是熱死人了。數惠，我回來了。」

玄關傳來粗聲粗氣的說話聲，我吃了一驚。叔叔邁著大步，踩著茚茚茚的腳步聲走了進來，他發現我們坐在裡面那間和室，立刻大聲地說：「喔，清陽，好久不見。妳最近還好嗎？」

「叔叔好，好久不見了。」我鞠躬向他打招呼。

「妳太少回家了，所以也沒能爲奶奶送終。」

聽到叔叔說這種話，我內心的無名火就燒了起來，但如果我頂嘴，就會越扯越麻煩，所以我忍了下來。惠那輕輕握住了我的手安慰我。

「數惠不在嗎？惠那，那妳趕快去倒茶。」

叔叔一屁股坐了下來，用下巴使喚挺著大肚子的女兒。惠那正準備起身，媽媽制止了她，對叔叔說：「數惠帶小孩子出門去買東西了，冰的茶可以嗎？」

叔叔雖然嘴上說著「不好意思啊」，但他的態度完全沒有一丁點不好意思。

「我回來了。喔喔，清陽回來了。事情發生得太突然，妳順利請到假了嗎？」

爸爸擦著汗，晚一步走了進來，嚷嚷著「啊，累壞了」，坐在他弟弟旁邊。

「沒問題，我剛好請了兩天的年假。」

「這樣啊，這樣啊，奶奶可能知道妳剛好休假，所以才選在今天離開。」

爸爸沒有喝酒的時候是個話不多，很安靜的人，但只要幾杯黃湯下肚，整個人就囂張起來。說一些讓人翻白眼的冷笑話也就罷了，只要再多喝幾杯，就變得易怒暴躁，很有攻擊性。如果他能夠控制在小酌的範圍內就天下太平，問題是他每次都喝過量，然後遷怒於家人。今天晚上守靈夜時，他也一定會喝得酩酊大醉。光是想像這件事，就令人沮喪。

「對了對了，最後決定奶奶就在這裡……用私人葬禮的方式送她最後一程，勝弘也同意了。」

「因為哥哥一再堅持，我也只能答應。如果我工作上的客戶也來弔唁，到時候會塞爆這棟房子。這麼小的房子根本沒辦法容納下這麼多人，必須租大型會館才行。」

叔叔笑著說，爸爸和惠那都沒有答腔。我也假裝看著奶奶，沒有理會叔叔。如果奶奶還活著，一定會痛罵他這種男人的虛榮太丟人現眼了。

媽媽為所有人端上了茶，爸爸一口氣喝完杯子裡的茶小聲嘟囔說：

「就讓家人和眞心緬懷奶奶的人靜靜地送奶奶上路，我認爲這是最好的悼念方式。」

所有人都不約而同地看著奶奶，然後點了點頭。

守靈夜的時間一到，奶奶的朋友和左鄰右舍紛紛上門，向奶奶道別。

「阿春前天還和我們一起練習草裙舞，因爲我們要在夏季廟會的時候表演。」

「阿春，謝謝妳經常來找我玩，我們在那個世界再見。」

雖然奶奶突然去世，但畢竟已經九十多歲，所以她的朋友個個都平心靜氣，氣定神閒。他們可能早就知道不久的將來，會發生這種事。這麼一想，就覺得自己實在毫無心理準備，未免太沒出息了。我陪著奶奶的朋友聊天時，後背突然被人輕輕撞了一下。回頭一看，發現兩張小孩子的臉，臉上都帶著笑容。

「清姊！來玩嘛！」

惠那的大兒子叫一樹，小兒子名叫大樹。剛才他們和惠那的弟弟萌一起玩摔角，我轉頭一看，發現萌躺在外面那間和室的角落，很沒出息地嘆著氣說：

「我吃不消了。他們簡直有用不完的體力，我投降了。」

「你去年以前都還是體育大學的學生，竟然輸給兩個小孩子。」

我笑著說，萌無力地搖了搖頭說：

「我現在整天都做行政工作，體力變差了。清姊，妳讓我喘口氣。」

「眞是拿你沒辦法。」我問兩個小孩：「你們要不要喝果汁？」雖然家裡開了冷氣，但兩個孩子的臉上都冒著汗。「你們剛才到底玩得多瘋啊！」我忍不住笑了起來。這兩個孩子還搞不太清楚奶奶去世是怎麼回事，但是他們的笑容和聲音，一定能夠帶給奶奶莫大的安慰。

我在廚房爲他們準備冰果汁時，突然聽到有人大吼一聲：「妳說什麼！」接著又說：「別胡鬧了！」叔叔似乎在罵人。兩個小孩子都嚇得抖了一下，我對他們說：「你們在這裡喝果汁。」然後匆匆回到和室，發現叔叔和惠那正在大眼瞪小眼，萌在一旁勸他父親：「爸爸，你不要這麼激動。」

「怎麼了？」我問一旁的媽媽。

「就是爲了阿洵的事，」媽媽嘆著氣說，「勝弘問惠那，阿洵怎麼沒來，惠那說，反正已經打算離婚了，他來不來都無所謂……」

叔叔說，阿洵只是偷吃，要惠那原諒他，但惠那回答絕對不原諒。父女兩人吵了起來，最後叔叔暴跳如雷。

「當母親的人，無論發生任何事，都要爲了孩子忍耐，妳根本不配當母親。既然妳這麼想離婚，那就隨妳高興，但妳千萬不要搬回家裡，我不能讓妳這個傻瓜回家。」

叔叔似乎已經喝了不少酒。他坐的桌子前有一個威士忌的空瓶子，看來他滿臉通紅，並不光是因爲生氣的關係。

「數惠，妳也要好好反省，根本沒把女兒教好，她才會腦筋這麼不清楚，老公在外面賺錢養她，她不知感恩，也不懂得感激。」

嬸嬸坐在惠那身旁，原本努力想要平息父女兩人的爭執，但聽到丈夫這番話，立刻臉色大變。她收起平時怯懦的表情，緩緩站了起來，俯視著丈夫說：

「……算了，那就離婚吧。」

雖然嬸嬸的聲音發抖，但她明確說出了這句話。叔叔聽了目瞪口呆。

「我死也不會要求女兒承受和我一樣的痛苦，你竟然好意思說這種話。眞是受夠了，我們離婚吧。」

「妳和我離婚之後，妳要怎麼生活？妳根本沒有娘家可回，也沒有任何專長，像妳這種家庭主婦要怎麼活下去？別指望我會給妳錢。」

「我一個人總有辦法養活自己，而且婆婆之前給了我這個。」

嬸嬸從黑色圍裙口袋裡拿出一本存摺。叔叔納悶地打開存摺一看，立刻臉色發白。

「四、四百萬……？！妳說我媽給妳這本存摺嗎？我之前向她借錢，她說她沒有錢。早知道有這筆錢，我就不必脫手三萩野的安養院了。」

「在萌大學畢業找到工作之後，婆婆給了我這本存摺，說希望可以幫助我開拓新的人生。我不知道該怎麼辦，所以一直沒有去動用這筆錢，但婆婆好幾次都叫我『不必有任何顧慮』。」

嬸嬸從丈夫顫抖的手上搶過存摺，小心翼翼地放回了口袋，眼淚從她的眼眶流了下來。

「我嫁來這裡之後，婆婆一直把我當成親生女兒，她說沒有父母願意看到女兒不幸。如果我現在……如果不在婆婆面前態度硬起來，就太愧對婆婆了。」

「奶奶一直勸你要好好珍惜媽媽，你後來就不聽奶奶的話，而且還一直避著奶奶，但媽媽經常來這裡探望奶奶，到底誰才是奶奶眞正的孩子？不知道奶奶會更喜歡誰。」

惠那也火上澆油地說，叔叔瞪著她吼了一聲：「閉嘴！」但惠那一點都不怕。「更何況我也沒打算回家，奶奶說，我可以住在這裡，大伯和大伯母也都說沒問題。大伯，對不對？」惠那問爸爸，坐在遠處旁觀的爸爸默默點了點頭。他平時總是趁著酒興，也跟著一起加入戰局，今天竟然袖手旁觀。難道他覺得關係到弟弟和弟媳的離婚問題，自己無法輕易插嘴嗎？

叔叔全身發抖，指著嬸嬸和惠那說：

「妳、妳們別胡鬧了，我不會同意。」

「我和惠那自立自強，並不需要你的經濟援助，根本不需要你的同意。」

嬸嬸擦著眼淚，毅然地說。叔叔用力咬著嘴唇。

有人拉我的衣服，轉頭一看，奶奶的幾個朋友悄悄對我說：「那我們先告辭了。」不會吧！家裡還有來弔唁的賓客，他們就吵起來了嗎?!

唉，爲什麼我家總是這樣，太不正常，太丟人現眼了。

我和媽媽一起送奶奶的朋友到門口，頻頻向侷促不安的那幾個人鞠躬道歉，讓他們見笑了。

目送他們離去後，媽媽用力嘆了一口氣，抓著玄關的門時，又嘆了一口氣。

「媽媽，妳還好嗎？今天這麼忙，妳有去洗腎嗎？」

「當然啊，如果不去就沒命了。」

媽媽舉起手，撥了撥凌亂的劉海。她的手腕很細，埋在手腕上的血管通路很明顯。

媽媽開始洗腎差不多四年了。她以前身材豐腴，現在整個人都很乾瘦。不知道是否因爲有一頭濃密黑髮的關係，雖然上了年紀，但不至於顯得很憔悴，只是終究還是老了。因爲奶奶身體一直很好，所以我差一點忘了這件事，媽媽眞的上了年紀。

「……妳不要整天都去玩拉霸機了，這樣對身體不好，就不能長命百歲了。」

媽媽聽了我這句話，露出納悶的表情，然後笑了起來。

「既然不能長命百歲，不是更要趕快做自己喜歡的事嗎？」

「啊？」

「這是奶奶對我說的話，她說我的人生可能比別人短，所以我只要做自己喜歡的事，這樣才不會後悔。她眞的是一個很好的婆婆。」

媽媽喜孜孜地說，「數惠剛才也說了，她眞的會把媳婦當成自己的女兒一樣疼愛，我也很感謝她。」

我想起媽媽好像是洗腎之後，才開始熱中玩拉霸機。雖然她原本也很喜歡，但以前每個月只去幾次而已。

「走吧，我們還要進去勸架……咦？」

媽媽正準備走進屋時，突然歪著頭納悶。我順著她的視線往外看，忍不住倒吸了一口氣。

剛才在新大阪車站道別的章吾竟然站在掛在門前寫著「御靈燈」的燈籠旁。

「章吾……？你怎麼會在這裡？」

章吾正準備開口，阿洵從他身後跳了出來，大叫著：「我要見惠那！全都是我的錯，請讓我和惠那見面，我要向奶奶道歉！」

我完全搞不懂眼前的狀況，陷入了混亂。章吾爲什麼會和阿洵在一起？而且阿洵爲什麼要哭？

「啊呀呀，你來得正好。惠那正在和勝弘吵架，阿洵，你進去吧。」

「孕婦還吵架?!打、打擾了！」

阿洵擦著眼淚衝了進去，立刻聽到叔叔的咆哮聲。「你現在還來幹嘛！」

「媽媽，妳讓阿洵現在進去，場面不是會更混亂嗎？」

「啊？沒關係，反正萌也在。」

我們在說話的時候，同時聽到了什麼東西倒地的巨大聲響和惠那的尖叫聲。媽媽臉色大變地跑回家裡，我也正準備跟進去，但停下了腳步。回頭一看，才確定我既沒有看錯，也不是幻覺，身穿喪服的章吾眞的就站在那裡。他臉上的笑容帶著一絲歉意，但又有點不知所措。

「對不起，我不請自來，是不是造成了妳的困擾？」

看到他站在燈籠下，被染成橘色的臉，我的胸口一陣揪心地痛。

「爸爸，你有病嗎？爲什麼動手！」

身後傳來惠那帶著哭腔的聲音，和小孩子大哭的聲音。唉唉，現在的狀況根本沒辦法和章吾好好說話。

「等一下再說，你先進來吧。」

無論如何，都要制止他們。我慌忙跑去和室。

萌似乎挨了打，倒在圓滿餐的桌子底下，身上都是打翻的燉菜，媽媽正協助他清理。惠那緊緊抱著兩個放聲大哭的兒子，嬸嬸擋在氣勢洶洶站在那裡的叔叔面前。阿洵在不遠處跪在地上磕頭，額頭都碰到了榻榻米。

「全都是我的錯！請讓我和惠那繼續當夫妻！」

「你這個王八蛋，早知今日，當初爲什麼要偷吃？除非你有老婆跑了也沒關係的心理準備，否則就不要在外面亂來！惠那，妳不要讓妳老公做這種自取其辱的事！」

叔叔說完，嬸嬸立刻問他：「所以你是作好了這樣的心理準備，才在外面玩女人嗎？既然你已經有了這樣的心理準備，那我離開也完全沒問題啊。」

「這根本是兩回事！女人就要咬牙忍耐。」

叔叔抓住嬸嬸的胸口，想要打她耳光。爸爸啪的一聲，打向叔叔頂上稀疏的腦袋。

「勝弟，你不要激動，不要在媽媽面前做出這種丟體面的行爲，數惠也不要這麼衝動，你們兩個出去好好談一談，年輕人就交給我們吧。」

叔叔和嬸嬸聽到爸爸語氣平靜，但明顯帶著怒氣的聲音都大吃一驚，嬸嬸用幾乎聽不到的聲音說了聲：「對不起……」叔叔也看了看哭哭啼啼的孫子，又看向母親的棺材，狼狽地低下了頭。

「你們兩個人先出去，好不好？」

在爸爸的催促下，叔叔和嬸嬸順從地走了出去。聽到拉門靜靜地打開和關上的聲音後，爸爸用溫柔的語氣對阿洵說：「好了，沒事了。」阿洵仍然跪在地上，抬起頭後深深鞠了一躬說：

「惠那，對不起，我眞的很對不起妳。雖然這是藉口，但我們只有去喝酒而已，眞的沒發生其他的事。但是，這不是重點，我知道自己的行爲太惡劣了。」

媽媽把萌扶了起來，帶他去了廚房。萌搖搖晃晃地準備走去廚房時，對兩個小孩說：「你們也一起過來。」滿臉淚水的一樹和大樹都乖乖地跟著他去了廚房。惠那目送兩個兒子矮小的背影離去後問：「你爲什麼突然向我道歉？你不是強詞奪理地說什麼去喝酒放鬆一下有什麼錯嗎？還說我胖得不成人形，呼吸很大聲、很噁心，根本不把我當女人看待，爲什麼突然道歉？是公公婆婆罵你了嗎？如果是這樣，我可不會原諒你！」

惠那一口氣說道，阿洵搖著頭，然後拿出手機遞到惠那面前，對惠那說：「妳看一下電子郵件。」惠那一臉納悶地操作著手機，但指尖很快就停了下來。

「……這個春春、是奶奶？」

惠那不停地滑著手機螢幕，手機中傳來哭聲，很像剛才一樹和大樹的聲音。我忍不住走過去，探頭看著惠那手上的手機。

「媽媽，媽媽，一樹搶走了我的煎蛋捲！」「我才沒有，這是我的煎蛋捲！媽媽，我還要再吃煎蛋嘛。」

這是在我家客廳拍的影片，兩個小孩子吃得滿臉、滿手都是飯粒，而且邊吃飯邊吵架。惠那很有耐心地回答他們說：「那我再去煎蛋捲，你們等一下。」然後挺著大肚子站了起來。大樹哭著追在她身後，惠那吃力地把他抱了起來，撫摸著他的頭。「你等一下，媽媽馬上就幫你煎好吃的蛋捲。一樹，你也等一下，你可以先吃媽媽的蛋捲。」

影片結束了，惠那的指尖滑動。奶奶寄了好幾封電子郵件給阿洵，而且全都附上了影片檔。

下一部影片是在昏暗的房間內。夜燈時隱時現，八成是晚上在室內拍的。影片中傳來大樹的哭聲。不哭不哭，是不是做了惡夢。別擔心，媽媽在這裡。惠那的聲音聽起來好像快睡著了，但極其溫柔，接著聽到有人鑽出被子的聲音。

惠那站起來後，抱著大樹，輕輕拍著他的背哄他入睡。

「惠那，要不要奶奶來哄他睡覺？」

奶奶小聲地問，惠那說：「對不起，把妳吵醒了嗎？他是我的孩子，我來哄他睡。大樹，乖乖睡覺喔。媽媽最愛你了，明天再一起玩。」惠那搖晃著沉重的身體，喘著粗氣小聲說話。「媽媽愛你喔。」

「我看了影片之後，感到很慚愧。我從來沒有晚上起來哄他們睡覺的經驗。」阿洵垂著頭說。「奶奶每天都寄給我，但是完全沒有叫我要來道歉，只是一直寄這些影片給我，但是，之前我覺得很煩，從來沒有打開來看。接到奶奶去世的消息後，我才看了所有的影片，然後……」

阿洵說，他看了影片之後，再也忍不住了，於是就趕來這裡。他的額頭碰到了榻榻米。

「我下次不會再做這種事了，給我一次機會，下不爲例！」

惠那目不轉睛地看著手機螢幕，然後用力閉上了眼睛。過了一會兒，她緩緩地說：「好。因爲如果奶奶在這裡，我猜她一定會對我說『妳就原諒他』，所以這次就原諒你。」

「謝謝。」阿洵擦著眼淚，然後向棺材鞠了一躬。「奶奶，對不起，我應該在妳活著的時候就來道歉，對不起。」

「爸爸？」

這時，響起一個戰戰兢兢的聲音。回頭一看，一樹和大樹從紙拉門的縫隙探出頭。阿洵張開雙手說：「你們快過來。」兩個孩子都一臉興奮地跑了過去。

「爸爸，你怎麼這麼晚才來？」

「太奶奶每天都說，你今天絕對會來找我們，但你每天都沒來。」

「對不起。」阿洵緊緊抱著兩個兒子，向他們道歉，「眞的對不起。」

我擦著在不知不覺中流下的眼淚，看向惠那。惠那看著手機，小聲笑著說：

「奶奶也太厲害了，我完全沒有發現她在偷拍。」

「她很會用智慧型手機。」

我和惠那相視而笑。惠那的眼角也閃著淚光。

「所以你是哪一位呢？是我媽的朋友嗎？」

聽到爸爸的問話聲，我才猛然回過神。轉頭一看，發現章吾無所事事地站在房間角落。我把他忘得一乾二淨。

「我……我目前正在和清陽交往，伯父好。」章吾鞠躬說道。

「嗚啊！」爸爸發出了奇怪的叫聲。

「雖然我知道這種時候登門很失禮，但是我想見奶奶最後一面，對不起。」

章吾又鞠了一躬，爸爸的臉脹得通紅，看了看我，又看向章吾。爸爸的臉實在太紅了，我猜想他喝了不少酒。剛才在勸說叔叔和嬸嬸時，我並不覺得他喝了酒，但是十之八九又喝醉了。唉，爲什麼會在這種狀態下，讓章吾第一次見到我的家人？簡直糟糕到了極點。

爸爸開了口。不知道他會罵人，還是會說一些低俗的話，我忍不住緊張地閉上了眼睛。

「謝謝你特地來我們這種小地方，我相信我媽也一定很高興。」

爸爸極其冷靜地說。我以爲自己聽錯了，睜開眼睛一看，發現爸爸一臉害羞地抓著頭繼續說：「你沒看過這麼吵鬧的守靈夜吧？眞是不好意思。我們趕快來收拾一下。阿洵，你可不可以幫忙一下？惠那，妳就去旁邊好好休息。清陽，妳去拿坐墊過來。」

「嗯、嗯，馬上來。」

這到底是怎麼回事？我一邊收拾，一邊看向爸爸剛才坐的座位。那裡放著他平時用的酒壺和小酒杯，他明明喝了酒啊？我忍不住納悶，但還是倉促地把房間整理乾淨了。

「我們家向來都是這麼吵吵鬧鬧，雖然沒什麼可以招待你，請坐。」

和室裡只有我、爸媽和章吾，惠那他們去了客廳，正在那裡說話，聽到萌憤憤不平地說：「那個暴力老頭，我遲早要給他一點顏色看看。」

「你會喝酒嗎？喝啤酒好嗎？老公，你呢？」媽媽問。

爸爸指著酒壺說：「我喝這個就好。」

「日本酒嗎？伯父，我可以和你一起喝嗎？」

爸爸聽了章吾的問話後瞥了我一眼，然後低著頭說：

「不行不行，這只是熱開水。」

「啊？」我忍不住發出驚叫。熱開水？爸爸低著頭，繼續說了起來。

「我雖然愛喝酒，但酒量很差，所以半年前，惹我女兒生氣了，結果我家奶奶就罵了我一頓。她說清陽以後可能不會再回家了，也不會帶男朋友回來了，我不相信有這種事，沒想到她真的連電話都不打一通。這下子可真的把我急壞了，但我也是九州的男人，拉不下臉向她道歉。」

爸爸摸著自己沒剩幾根頭髮的腦袋。他明明沒有喝酒，但連頭髮稀疏的頭頂都紅了。「我不知道該怎麼辦，結果奶奶叫我『把酒戒了』，她說只要我戒了酒，清陽就會回來，她絕對有把握可以把清陽叫回來。既然奶奶這麼說，那我就決定賭一把，於是就戒了酒。哈哈，是不是很可笑？」

「聽起來奶奶生前是一個樂觀的人。」章吾說。

爸爸點了點頭說：「是啊，她是一個很有趣的人，眞希望你可以見到她……應該說，希望她可以見你一面。」

爸爸的語氣自始至終都很平靜，但我感到心被揪緊了。我爲什麼這麼意氣用事？明明可以在奶奶活著的時候，讓她看到眼前這一幕。

我快哭了，但努力忍住了。

媽媽拿了啤酒和杯子進來，爲我、章吾和爸爸的杯子裡倒了酒。

「清陽，我可以喝嗎？」

「只能喝一杯。」

爸爸舉起杯子笑著說：「我賭輸了。」

我說想和章吾單獨聊一聊，於是我們一起走出家門。兩個人漫無目的地走在我讀小學時上學的路上，就是別人爲我取了「雞皮」的綽號，我哭著回家的那條路。溫柔的海風拂過臉頰。

「今天白天很對不起，我說話的態度太惡劣了。」

「嗯，我當時超火大，但妳是因爲家人去世，所以情緒不太穩定。」

我們的手背相碰，於是牽起了手。我感受著他溫柔的溫暖。

「這也是原因之一，但更大的原因是我覺得我無法順利把家人介紹給你認識。」其中的原因微不足道，說出來也很丟臉。我還是那個會把自己的家庭和別人的家庭比較，然後覺得抬不起頭的小孩子，完全沒有成長，因爲這個原因，無法把我愛的人介紹給在我生命中很重要的人。

「我覺得那樣的家人很丟臉，所以不敢告訴你。我知道自己很沒出息。」

「他們都很好啊，那個人是不是叫阿洵？我很喜歡他，覺得他很坦誠。」

章吾開心地告訴我，當他站在門口時，阿洵主動向他打招呼，得知章吾是我的男友時，就懇求章吾幫忙。阿洵說想要道歉，但很害怕，不敢進去。結果我和媽媽剛好出來送客。

我們出門前，去客廳向大家打招呼，發現阿洵正在賣力地爲萌按摩肩膀。萌生氣地說，因爲阿洵在外面偷吃，害他無辜被打，所以阿洵努力討好萌。惠那和兩個孩子在一旁笑得很開心。

「還有那個，妳家裡貼的那張照片很可愛。」

「你看到了?!」

「醜得很可愛，一直貼在那裡的品味也很出色。」

他只是把頭探進客廳張望了一下，竟然就看到了我被馬嚇哭的照片。

「妳從小就很像妳爸爸，但聲音像妳媽媽，和惠那也有幾分神似，說妳們是姊妹，別人也會相信。啊啊，我喜歡妳家所有人。」

「……謝謝，但是你才和他們聊了幾句話，以後可能會遇到很多讓你傻眼的事。」

「也許吧，但我認爲沒問題。」章吾對我說。

我抬頭看向身旁的章吾，他看著我小時候經常去的柑仔店「三浦屋」的舊招牌。三浦屋的奶奶和我家的奶奶是朋友，每次看到我，就會從口袋裡拿出兩顆糖給我說：「妳是阿春的孫女，這個送妳，妳帶回去和阿春一起吃。」三浦屋很久之前就已經停業了，但糖果的甜味和鮮豔的色彩歷歷在目。

「妳說的話、舉手投足和想法，都是他們的縮影，就像是組成妳這個人的零件，我喜歡由這些零件組成的妳，所以即使遇到不愉快的事或是傻眼的事，我也會想到，那個人身上絕對也有我喜歡的部分，就這麼簡單而已。」

我無言以對，同時也更愛他了，然後想起當初就是因爲他認同和接受我所有的一切，我才會喜歡他。

「唉唉，我好希望奶奶可以見到你，我好想介紹你給奶奶認識。」

我難過地嘀咕，沒想到章吾說：

「可能已經見到了。我離開新大阪後去了妳家，原本打算收拾一下東西就回家，結果聽到臥室有聲音。我好奇地去臥室看了一下，發現這個飄落在地上。」

章吾拿出了明信片。我記得今天早上放在床頭櫃上，但我放在會掉下來的位置嗎？

「『讓我看看妳幸福的樣子。』我看到這句話時，就覺得我非來這裡不可。如果我不來這裡，奶奶不是就看不到妳幸福的樣子嗎？」

章吾有點靦腆，但又充滿確信地說。我內心湧起的暖流變成了笑聲。

「你會不會對自己太有自信了？但的確可能是奶奶叫你來的。」

「對不對？我覺得絕對就是這樣，當我回過神時，發現自己已經跳上了新幹線。我動作超神速，這身喪服也是在小倉車站的車站大樓買的，超新的衣服喔。」

章吾很得意地舉起明信片，挺起胸膛說，我問他：

「鞋子也是新的嗎？」

「當然啊，但鞋子不好穿，不瞞妳說，腳都磨破了。」

章吾露出委屈的表情。他的表情太豐富，我忍不住笑了起來，沒想到眼淚流了下來。一滴、又一滴滑落。章吾瞇起眼睛，露出柔和的表情。

「……奶奶很疼我，我也很愛奶奶，現在也很愛她。」

「嗯。」章吾回應了一聲。

「她身體很硬朗，我小時候曾經和奶奶比賽誰可以吃更多炸雞塊。雖然這件事不好意思告訴別人，但是超開心的。」

「嗯。」

「而且，我超愛奶奶做的……壽喜燒。我家的壽喜燒是用雞肉。」

「是喔？聽起來很好吃，加了雞蛋之後，不就很像親子丼嗎？我好想吃。」

「就是啊！」我說話時的聲音有點哽咽。原來這件事如此簡單。

「啊！那不是妳的叔叔和嬸嬸嗎？」

我抬頭看向章吾手指的方向，看到叔叔和嬸嬸走在路上，我們看著他們並肩走在一起的背影離去。

「不知道他們會不會離婚。」

我第一次看到向來文靜的嬸嬸完全不壓抑自己的感情大聲說話，也許她和叔叔之間的關係很難再修復了。

「不知道欸，」章吾說，「我覺得妳奶奶是一個很有智慧的人，也許她說了什麼很有智慧的話，所以明天葬禮的時候，搞不好妳的叔叔和嬸嬸都會露出笑容。」

希望如此。也許奶奶解決了所有家人的問題，然後才離開這個世界。我希望是這樣。

「清陽。」

我好像聽到有人叫我。回頭一看，似乎看到奶奶一臉得意的表情對著我笑。

「我回來了。」

我用力握著章吾的手，露出燦爛的笑容。

阿婆進行曲

我說我只想要「Fa」，對方露出詫異的表情。我只想要那個綠色的「Fa」。我又重複了一次。看起來比我年長的姊姊指著盒子裡五顏六色的音感鐘，露出爲難的表情說：

「要整組一起買，這裡剛好是八個音一整組，如果少了Fa這個音，其他就賣不出去了。」

「啊。這一整組是不是三千圓？我會付三千圓，但我只要Fa的音感鐘。」

我一口氣說完，從皮夾裡拿出三張紙鈔遞到她面前。那個姊姊和旁邊看起來像是她朋友的人互看了一眼，然後又瞥了我一眼。我覺得好像有一隻冰冷的手在我心臟周圍摸了一下，但我假裝沒有察覺，「嗯」了一聲，再次遞上紙鈔。那個姊姊拗不過我，終於點了點頭。

付了錢之後，我接過音感鐘。音感鐘交到我手上的瞬間，輕輕地噹了一下。我不由得激動起來。

「對、不起，提出這麼任性的要求！」

雖然說話的聲音太大，有點出乎我的意料，但我向對方道歉後，逃也似的離開了。

當我來到看不到她們的位置後，用力吐了一口氣，放慢了腳步，然後邊走邊搖著音感鐘。Fa優美動聽的聲音響起，我忍不住出聲笑了起來。啊，果然是瀨戶的聲音。

瀨戶是我小學四年級時的同班同學，她當時的身高已經超過一百六十公分，身材修長，像模特兒一樣。我身材矮小有點胖，還有點駝背，每次看到她挺拔的背影，就覺得很耀眼。

我們班要在秋季音樂會上表演音感鐘演奏時，瀨戶負責Fa的音。雖然還有其他兩個同學也負責相同的音，但瀨戶搖出的音質特別悅耳。她比平時更加挺起胸膛，注視著觀眾席後方，在最佳的時機搖動綠色音感鐘，就連她的手帶著弧度的動作也很優美。其他同學都會故意亂搖被老師罵，也有的同學只是隨便搖幾下，她和其他同學明顯不一樣。我記得當時自己是搖黃色的音感鐘，但完全不記得那是什麼音，隱約記得我只顧著看她，沒有好好完成自己負責的音。

但是，我爲了散心隨便亂逛，竟然剛好看到跳蚤市場絕非偶然，我認爲用這種方式邂逅過去的音符，並不是簡單的事。搞不好能夠因此重新牽起和她之間的緣分，然後再次遇見她……我腦海中閃過這個想法，但是聽說她目前回鄉後，在家裡蹲大學深造。我媽說，曾經在超市即將打烊時，看到她在熟食區目不轉睛地盯著貼了半價貼紙的黃豆粉牡丹餅。我媽愁眉苦臉地說：「那個傳聞好像是眞的，她瘦成皮包骨，看她那樣子，根本不可能出去工作。因爲她看起來實在太可憐了，我忍不住想買那盒牡丹餅送她。」瀨戶運動能力很強，她曾經說，以後想當體育老師，我們在升高中時上了不同的學校，之後就從來不曾見過面，所以我不知道她發生了什麼事，但想必經歷了很大的痛苦。

「竟然想起這些不愉快的事。」

我搖了搖音感鐘，輕輕笑出了聲音。在我內心，瀨戶至今仍然是小學四年級的學生，身影毅然依舊。我只要記得當年崇拜她的心情就足夠了。

我邊走邊搖著音感鐘，掛在脖子上的手機震動起來。是男友浩明打來的，我說著「來了，來了」接起電話，電話彼端立刻傳來了聲音。

「妳在幹嘛？」

「現在嗎？我在散步，剛好看到跳蚤市場，所以……」

我想告訴他音感鐘的事，他立刻咄咄逼人地問我：「妳去職業介紹所了嗎？」

「啊？喔，我還、沒去、職業介紹所。」

「爲什麼？」

「就是提不起勁。我上次不是跟你說，現在工廠人手不足，所以整天都很忙嗎？」

我在近郊的糕餅廠上班。從晚上六點開始工作到隔天三點，中間可以休息一個小時。工作內容是把草莓或是巧克力棒放在三角形蛋糕上，當輸送帶把裝了兩塊蛋糕的塑膠盒送到我面前時，我只要把巧克力棒和草莓放上去就好。

工廠內有許多只會簡單日語的外國人，和看起來有某些隱情的人。他們有時候會突然不來上班，而且事先完全沒有任何預兆。一個星期前，個性直爽，也很親切的大叔前野先生就沒再來上班了，兩天前，有著一對榛色眼睛的女生貝拉也突然不來了。

「所以我才叫妳趕快換工作啊。」

浩明嘆了一口氣。

「那裡既沒有未來，也沒有任何發展，工作卻很忙。香子，妳必須趕快離開那種環境，但妳太沒有危機感了。」

原本慢慢走在街上的我剛好走到樹蔭下，於是停下了腳步。腳下是一片被踩得面目全非的濕落葉，我才想起昨晚下了一場雨。

「我知道妳很辛苦，也不是無法理解妳的痛苦，但是，我不能讓妳就這樣停下腳步。」

我的腳尖踢著落葉，聽到這句話後停了下來。

浩明說的話完全正確。從我剛認識他時，他就是個正確又堅強的人。

大學一年級時，我開始在補習班打工。我負責小學中年級的班級，但那些小學生完全不把我放在眼裡，家長向補習班投訴，要求「換一個有魄力的老師」。我不知道該怎麼辦，急得像熱鍋上的螞蟻。當時比我大兩歲的浩明負責帶我，他向我伸出援手。他充滿自信，也很有主見，總是用誠懇的態度和學生相處，深得補習班負責人和家長的信賴。我當然很崇拜他，而且這份崇拜很快變成了愛意。我主動接近他，然後帶著不成功便成仁的決心向他告白，最後順利交往時，我不知道有多高興。我們交往後的第一個新年，我們一起去神社參拜時，我明明手頭很緊，但還是咬牙投了五百圓向神明祈禱，希望可以成爲一個配得上他的女人！

「我並不覺得自己不努力。」

我踢著腳下的樹葉說。我覺得自己很努力，而且我比任何人更清楚，這樣下去不行。但是，我無法邁開步伐。首先，職業介紹所不該在那棟時尚的購物中心內。購物中心內到處可以看到頭髮、指甲和肌膚都保養得很好，衣著華麗的人，眼睛都快被那些高級洋裝和首飾閃瞎了，像我這種女人走進那個空間，簡直就像是油滴進水裡，完全無法融入周圍的環境。即使我硬著頭皮走進職業介紹所，櫃檯小姐的態度也很可怕。雖然她們只是公事公辦，但她們每次都只說最低限度的內容，然後就無視我的存在。我現在只要和別人說話就極度緊張，聲音沙啞，有時候根本連話都說不出來，無法順利說明自己的處境。也許是因爲這個原因，讓她們對我感到不耐煩，無論我問什麼，她們都用力嘆著氣，指著職業介紹所內的牌子說：「那裡都有寫」，然後就結束了。每次打算去職業介紹所，這些事就一下子湧上心頭，然後就感到不寒而慄。

「我也很想努力啊。」

「既然這樣，就要付諸行動啊。首先要認眞找新的工作，妳從之前的公司辭職到現在，已經一年半了，要盡可能縮短空白的時間。」

「空白？我現在不是在工廠上班嗎？」

「不好意思，我認爲這對妳的職涯並沒有任何加分效果。」

浩明說這句話時，我完全感覺不到他有任何不好意思。我閉上了嘴巴。

我在網路上找到目前在工廠的工作，申請也是在網路上。花了五分鐘登記，對方會用電子郵件通知我是否錄取，整個過程非常簡單。對我來說，這種方式簡直就像是上天的禮物。工廠同事之間的關係不會太熱絡——沒有人來這裡交朋友——只要做好自己的工作就好。工廠那邊反而覺得大家閉上嘴巴，低頭做好各自的工作更重要。雖然浩明說那裡「沒有未來」、「沒有意義」，但我認爲那裡是「可以看到明天」、「創造了價值」的地方。

浩明發現我沒有吭氣，問我：「妳有在聽嗎？」

「我在聽，但是工廠的工作很適合現在的我。」

「妳的意思是，像妳這樣的人，就適合這種工作嗎？妳要趕快丟掉這種自認爲是被害人的想法。」

石鍋烤地瓜的小貨車不知道從哪裡駛了過來，老闆的吆喝聲從遠處慢慢靠近。石鍋烤～地瓜！老闆在說「烤」這個字的時候耍了花腔。

「什麼叫自認爲是被害人！」

我忍不住想大聲反駁，但最後還是作罷。因爲我覺得即使浩明這麼說我，我也只能接受，所以我改口說「對不起」。

「妳不必道歉，我剛才的話也太重了，但是希望妳了解，我是爲妳著想。」這我知道。浩明的聲音後方傳來熱鬧的聲音，低頭看向手錶，發現十二點多了。他利用午休時間打給我，比起吃午餐，他更關心我。我能夠體會他的這份體貼和關心。

「對不起。」

「我不是說了嗎？我並不是在責備妳，但是妳眞的要加油，我也會協助妳。」

浩明的聲音比剛才溫和了些。

「我知道妳是充滿活力的人，在工作上很能幹，也知道那才是眞正的妳，正因爲這樣，我才不希望妳埋沒自己。」

「我很感謝你的心意，但是我想用我自己……」

「『但是』之後的內容通常都是藉口，我不希望聽到妳說這種話。」

浩明打斷了我，我咬著嘴唇。浩明發現我陷入了沉默，向我提出了邀約。

「啊，對了對了，我差點忘了正事，這個週六我們一起吃晚餐。我有事想和妳見面談一談，要不要吃火鍋？香子，妳不是愛吃火鍋嗎？公司的同事介紹了一家很好吃的火鍋店。」

「……好。」

那天我剛好排休，所以沒有問題，但我希望他可以考慮到我那天可能要上班這件事，但是一想到我這麼說，浩明會出現的反應，就覺得不說也罷，於是就沒有吭氣。

浩明說，等一下會傳電子郵件，告訴我那家火鍋店的地點，然後掛上了電話，我鬆開手機——手機垂在我肚臍上方的位置搖晃——然後輕輕搖了搖頭。

我在大學畢業後進入的那家公司遭到了霸凌，我回想過當時的情況無數次，至今仍然不知道爲什麼會發生這種事。在我進公司將近一年的某一天，同課的同事開始把我當空氣，聚餐的日期和重要的通知都不告訴我，但是會把工作塞給我，如果我無法順利完成那些工作，就會遭到斥責。

正當我感到快撐不下去時，主管把我找去。他是比我大兩輪的已婚男性，是一個和藹可親的人。當他對我說，想和我好好聊一聊我目前在公司內的處境時，我的淚水不禁奪眶而出，終於有人向我伸出了援手。我暗自鬆了一口氣。

下班之後，主管說「要找一個安靜的地方說話」，於是帶我去了一家以「隱蔽」爲主題的爵士酒吧。酒吧的光線昏暗，只有間接照明，店內有好幾個暗處。雖然看到酒吧內的客人含情脈脈的視線、親密聊天的樣子，再對照我們的關係，有一種走錯地方的感覺，但我告訴自己，這種事並不重要，於是就一個勁地向上司說明了目前的狀況。主管雖然認眞聽我傾訴，但隨著喝酒杯數的增加，肢體接觸也漸漸增加。他和我期待的反應很相似，但也有很決定性的不同。我有點不知所措，主管的身體一下子貼了過來。

「香子，以後我會保護妳，只要有我爲妳撐腰，誰都不敢動妳。」

他突然叫我的名字，我腦袋一片空白。他戴著戒指的左手摸著我的大腿，把臉貼了過來，我可以聞到他呼吸時的酒臭味。他小聲對我說：「香子，這樣對妳也比較有利，不是嗎？」咦？現在是什麼狀況？我記得他有一個目前在讀高二的女兒，很愛他太太，每個星期都會和太太一起去爬山。他放在旁邊的公事包裡，不是還有他吃完太太爲他做的便當，留下的空便當盒嗎？

我六神無主，他濕潤的嘴唇擦過我的耳廓。這個瞬間似乎啓動了某個開關。當我回過神時，發現自己尖叫著：「別這樣！我並不是想和有婦之夫偷情！」

我的聲音在以低音量播放爵士樂的安靜酒吧內格外響亮。酒吧的氣氛被破壞了，所有人都看了過來。主管立刻收起了懸在半空的手，用力吸了一口氣，靜靜地對我說：「如果造成了妳的誤會，我可以道歉。我只是想改善職場的狀況，對不起啊。」

主管彬彬有禮地向我鞠躬，然後露出爲難的表情對滿臉困惑的酒保笑了笑說：「不好意思，驚動大家了。我原本打算協助她融入職場環境，但似乎熱心過頭了。唉，分寸很難拿捏啊。」

主管抓著頭，難爲情地說，壯年的酒保露出恍然大悟的表情對他笑了笑。這樣的發展是不是變成了我的錯？我對被主管瞬間翻轉的氣氛感到不知所措，他收拾東西說：「不好意思，今天就到此爲止，明天就按照妳自己的方式處理。」說完這句話，就頭也不回地離開了。他完全沒有看我一眼，顯然動怒了。我讓他出了糗，我知道自己完蛋了。

每天都被不同的人罵，整天都在向別人賠罪道歉。同事都隔岸觀火，好像在看喜劇般笑得很開心。半年後，我終於再也無法忍受這種生活，遞出了辭呈，立刻獲得批准。最後一天上班的日子，我收拾東西準備回家時，那個主管對我說：

「妳可能認爲自己是『被害人』，但妳要搞清楚，妳其實是破壞職場氣氛的『加害人』。」

他表現出一副通情達理的主管態度，但是他的眼睛沒有笑。

「公司大部分人都討厭妳，不用問也知道，到底是哪一方有錯。」

他的黑色眼珠子微微飄忽。我是加害人？是我害大家很不舒服？我一臉茫然，主管不屑地說：「趕快走吧。」

那次之後，我和別人相處時都會感到害怕。我無法好好說話，光是面對別人——就連站在便利商店的收銀台前——就會全身冒冷汗，心跳加速。即使只是簡單的對話，也會讓我緊張得全身起雞皮疙瘩。

手機震動起來，將我拉回了現實。浩明傳了訊息，告訴我火鍋店的地址。

「我用我的名字預約，如果妳提早到了，可以去餐廳裡面等。」

他做事還是這麼乾脆俐落，我回傳了「謝謝」，確認他已讀之後，我關掉了手機。

遭到霸凌的事和上司的事，我都告訴了浩明，浩明每次都爲我感到憤怒，但每次也都補充說「妳也有不對的地方」。

「我認為一定有某些原因，霸凌行為當然無法原諒，但妳不要忘記，妳也有讓人趁虛而入的地方。妳主管的那件事就是最好的例子，在走進那家酒吧之前，妳就必須察覺狀況不對勁，而且大喊大叫這步壞棋也太離譜了。妳是成年人，必須注意自己的言行。」

浩明很正確，我應該也有問題。比方說，我向來不懂得察言觀色，情緒激動時，說話就會很大聲。以前朋友就經常說我「並不是和任何人都合得來的人」，既然無法人見人愛，就代表很可能被人討厭。

雖然我曾經試著改善，但無法輕易改變，久而久之，我無法再對自己抱有期待。

但是我並沒有徹底放棄自己。浩明相信我，才會這麼關心我。正因為他認為我可以像以前一樣，融入社會努力工作，所以才會嚴厲鞭策我。更何況現在除了浩明以外，我並沒有任何聊天的對象。浩明是我的唯一。

「沒錯，所以沒問題的。」

星期六就去好好吃一頓火鍋，加一大堆辣椒和香菜，流一身健康的汗，也可以喝點啤酒。好，我要把這些期待作為動力，激勵自己努力，至少要跑一趟職業介紹所。

我把音感鐘塞進背包，輕輕對自己說了聲：「加油。」

火鍋很好吃。羊肉很嫩，特製的芝麻沾醬充分襯托了羊肉的美味。我自從換工作後，就一直在餐費上精打細算，今天難得吃了一頓大餐，好幾次都忍不住說「好吃」。

快吃完時，浩明提到了「結婚」這兩個字。我當時正在吃最後的拉麵，忍不住緊張起來。我從十九歲開始和他交往至今已經六年，雖然以後可能會結婚，但我還以爲是很久以後的事。

「上個星期，我同事結婚，我去參加了他的婚禮。他們的婚禮很棒，所以我覺得自己也差不多該考慮這件事了。」

浩明喝著啤酒說。我的心跳加速，只能「嗯、嗯」地回應，聲音也很緊張。

「所以我覺得要先確認一下妳的心態。」

「心態？」

「對，妳應該不至於打算讓我養吧？」

筷子夾起的麵條滑進碗裡。

「我想和妳結婚，也打算生三個小孩。我想和妳一起建立一個歡樂的家庭，但是在目前這個世代，需要夫妻雙方一起外出工作，才有辦法維持家計。如果要讓孩子接受良好的教育，就必須花很多錢。除了妳懷孕、生孩子期間，我希望妳和我一起工作賺錢，一起分擔家計。」

浩明說，日前結婚的那個同事娶的太太，是在區公所上班的公務員，浩明認爲那樣「很理想」。

「光靠男人的收入就可以過好日子的時代已經結束了，眞令人難過。」浩明又接著說，「所以，假設……我只是假設，假設妳打算嫁給我之後，要走入家庭當家庭主婦，或是隨便找一份打工敷衍一下，那就大錯特錯了。妳應該不會有把和我結婚視爲人生的退路這種無聊的想法吧？」

浩明從下方窺視著我的臉。雖然他的嘴角上揚，但他的眼睛深處完全沒有笑意。剛才微微流出的汗一下子變成了冷汗。

「我、我從來沒有把結婚視爲退路，正確地說，我根本還沒想過結婚的事。」

我眞的從來沒有想過這件事，整天只想著如何才能恢復原來的自己。

「雖然曾經想過，希望有朝一日結婚，但並不是希望有人養我的意思。」

一起吃早餐、下午去散步，一起熬夜看電影。共享美好時光和快樂的記憶，分擔痛苦，化解寂寞。我滿腦子只有這種天真的想像。

浩明吐了一口氣，顯然終於放了心，對我露出溫柔的笑容。

「這樣啊，是啊，雖然我知道妳不是這麼有心機的人，但是聽妳親口說出妳的想法，還是很高興。但是，妳的想法有待商榷。妳的想法太天真了，女人有生孩子的適齡期，而且我剛才也說了，我想要三個孩子，所以妳必須盡快改變狀況，妳不能再耽誤了，也沒時間繼續耽誤下去了。」

我越來越混亂，只知道我似乎應該更加、更加焦慮。

「如果妳從今以後，可以更加認眞思考未來，我會很高興。我很認眞思考和妳共同的未來。」

浩明說完這句話，用力握住了我的手。拉麵突然沒了味道，在碗裡慢慢冷掉。

吃完晚餐，我去了浩明家過夜，我們做愛，我滿足了浩明的需求，枕著浩明的手臂睡覺。早晨起床後，我做了早餐，只是米飯、味噌湯和高湯蛋捲的簡單內容。浩明吃得很高興，對我說：「眞希望可以早點過這樣的生活。」我用微笑回答了他。

飯後，我們又重新回到床上做愛。我做了紫蘇鮪魚義大利麵當午餐，洗好碗之後，離開了浩明家。我垂頭喪氣地走在街上，回想起昨晚的對話。和他做愛的時候、睡覺醒來的時候、在煎蛋捲的時候、煮義大利麵的時候，我都不停地回想那些對話。昨晚的談話、他當時的眼神都烙在我的腦海中揮之不去。

浩明有點看輕我。他嘴上說喜歡我，但是並不相信我，也沒有平等對待我。

難道是因爲我辭去前一份工作後的生活不符合他的期待，所以他才看輕我嗎？但是，我眞的這麼差勁嗎？我身爲社會的一份子，眞的不合格嗎？昨天晚餐後，浩明說他要請客，所以我就說了聲謝謝，接受了他的好意，但我身上有足夠的錢可以付晚餐的費用。我辭職之後，也從來沒有在金錢上造成浩明的任何困擾。

「眞不爽。」

我抬頭看著初冬清澈的天空，自言自語著。

不知道是不是因爲剛認識的時候，我們是前輩和後輩、菜鳥和指導者的關係，我們的關係從一開始就不平等。浩明是值得尊敬的人，我在很多方面都很不成熟，因此之前並不在意，但是我們現在的關係明顯有問題。我可以在這種狀態下，繼續和浩明交往下去嗎？

話雖如此，但是，並不存在我和他分手的選項。一旦和浩明分手，無法承受的寂寞將向我襲來。我和他交往了六年，一定會產生極大的失落感，即使想要塡補這份失落，除了浩明以外，我並沒有親近的朋友。我無法回去老家所在的北九州，想到可能會讓父母擔心，我甚至不敢和他們聯絡。之前那份工作出了問題之後，我就無法和大學時代的朋友順利相處，之後就漸行漸遠。如果沒有浩明，我將眞正地陷入孤獨。

「我、太軟弱了。」

唉。我嘆了一口氣時，發現前方有一個緩緩而行的背影。明明不是隆冬，那個人穿了一件好像厚毛毯般的舊深棕色大衣和一雙黑色橡膠長靴，頭髮就像髒掉的棉花糖。即使只看背影，也不會認錯這個很有個性的人。

「交響樂阿婆。」

我忍不住嘟囔。這可能是我第一次看到她走在路上。

阿婆的腳步緩慢，簡直可以稱爲牛步。我悄悄跟在她身後。

她最後來到一棟小平房前。這棟老舊得已經難以分辨屋齡的房子就是阿婆的家，聽說她獨自在這棟房子內靜靜生活了超過半個世紀。

阿婆經過玄關而未進家門，她走去後院。我目送她的背影消失後，才繞到屋後。

院子並不大，但不計其數的餐具——拉麵碗、成對的玻璃杯、Wedgwood[4]的茶杯套組，還有像屋瓦形狀的陶瓷盤子圍成了半圓的形狀。這些餐具各式各樣，有些看起來相對比較新，但有些餐具的設計很古老，不知道是哪個時代的舊東西。阿婆在半圓形內側坐下後，巡視所有的碗盤杯壺。一雙混濁的眼睛骨碌碌地轉動，然後從大衣口袋裡拿出一根筷子。

她就像樂團指揮般舉起拿著筷子的右手，閉上眼睛，好像在冥想。附近傳來啾啾啾的悅耳鳥啼聲。我被鳥啼聲吸引，仰頭看向天空，看到一個小影子飛向天空。

叮。這時響起一個高亢的聲音。我驚訝地把頭轉了回來，看到阿婆睜大眼睛，用筷子敲向玻璃缽。叮。隨著這個聲音，節奏漸漸加快。叮、叮、噹、砰、叮、鏘。阿婆的左手好像在打拍子般優雅地在半空中舞動，筷子不停地敲打著周圍的碗盤器皿。

敲打這些碗盤杯壺是阿婆每天必做的事。我第一次看到時超驚訝，因爲無論怎麼看，這種行爲都太奇怪了。

阿婆風雨無阻，每天一次，坐在那裡敲打餐具。既沒有節奏，也沒有旋律，甚至沒有規律性，感覺就像是小孩子在亂敲亂打玩樂，但是阿婆就像樂團指揮般充滿熱情地揮動筷子，臉上的表情也像是樂團指揮，時而痛苦地皺起眉頭，時而露出平靜的微笑，有時候看起來像在生氣。阿婆本人在敲打時感情非常投入，更驚人的是碗盤杯壺的數量不計其數，她到底從哪裡張羅到這麼多碗盤杯壺？難道是在不可燃垃圾的回收日，去哪裡撿來的嗎？之前曾經在電視上看到專題報導，有些人從垃圾堆裡撿東西回家，導致自己住在垃圾屋內，也許阿婆也有這種癖好，而且專門蒐集餐具。因爲她的院子內只有餐具，唯一的例外，就是院子角落放了一個有蓋子的收納箱，但搞不好收納箱裡也放滿了餐具。

雖然這個阿婆很奇特，但是大家似乎並沒有把她視爲問題人物。也許是因

4 英國骨瓷品牌。

爲老人的體力有限，所以敲打這些碗盤杯壺並不至於發出造成他人困擾的巨大聲響，而且也沒有長時間製造噪音，更何況她是在自家的私人土地內堆放這些餐具。阿婆每天只有短暫的時間，在自家院子內敲打這些碗盤杯壺，除此以外，並沒有做任何擾鄰的事，除了音樂會的時間以外，都靜靜地生活，所以附近的居民也都習以爲常，即使聽到她在那裡叮咚噹咚地敲打，也不會特別停下腳步（我也一樣），甚至爲她取了「交響樂阿婆」的名字。

當初是南姊告訴我關於這個老婆婆的事。那是我剛進公司，對工作充滿活力的時候——我剛搬進新的公寓，在附近散步時，剛好像現在一樣，看到阿婆在院子裡揮動筷子，忍不住停下腳步。我茫然地站在原地，開始擔心這一帶會不會是治安很差的地方時，南姊主動向我搭訕，叫我「不必擔心，不必擔心，妳不要露出這麼可怕的表情」。她告訴我，阿婆每天都會這樣敲敲打打，那是阿婆的「定期音樂會」，還說我一定很快就會習慣。原來她是和我同一所大學畢業的學姊，笑的時候可以看到她的虎牙。

南姊是繪本編輯，她說那是她從小就很嚮往的工作。她比我大八歲，全身散發出「能幹的都會女子」的氣勢，看到她氣質出眾的衣著打扮、運用小配件的技巧，和吃飯時優雅的動作，就希望自己有朝一日，也能夠成爲像南姊那樣的人。她很會照顧人，個性溫柔，完全就是我心目中的理想女人。

叮叮！聲音把我拉回了現實。筷子連續敲打著玻璃杯，杯子上有兩隻貓伸懶腰的可愛設計。看到那個玻璃杯時，某種感覺閃過腦海。但是我不知道其中的原因，忍不住納悶地歪頭思考。剛才的奇怪感覺是怎麼回事？

不知道阿婆有沒有察覺我的存在，她繼續敲打著碗盤杯壺。雖然看起來好像是隨興敲打，但她內心似乎有必須敲打到每一個碗盤杯壺的規則，所以無一遺漏，即使放在遠處，她也會伸長手臂，揮動手上的筷子。

不一會兒，交響樂阿婆的定期音樂會在沒有任何高潮的情況下靜靜落幕了。阿婆肩膀起伏，用力喘了一口氣，把筷子放進了口袋，想必是結束了。阿婆巡視了所有的碗盤杯壺後，「嗯」地點了點頭，但既沒有觀眾起立鼓掌，也沒有安可曲，完全搞不懂阿婆這麼做有什麼樂趣可言。

「妳有事嗎？」

阿婆問話時並沒有看我的方向。她似乎發現我站在那裡。我慌忙向她道歉：「對不起。」我是不是不該一直站在那裡，看到她的音樂會結束？「算了，沒關係。」阿婆喃喃說道，懶洋洋地站了起來。她只有在音樂會的時候動作敏捷。

阿婆慢吞吞地走出半圓形，似乎已經對我失去了興趣，慢慢走去家裡。

「請問──」

我對著她的背影叫了一聲，已經伸手準備開門的阿婆轉過頭。我無法從她的臉上看到任何感情，她剛才在音樂會時，感情那麼豐富，但除此以外的時間都面無表情。我只是情不自禁地開口叫住了她，所以立刻思考著接下來該說什麼。

「呃，請問、妳為什麼、要敲打那些？」

阿婆不動聲色地回答說：「我沒有義務向不了解狀況的人解釋。」

我回到家裡，走進廚房，從冰箱裡拿出寶特瓶裝的礦泉水，從瀝水架中拿出鯨頭鸛圖案的馬克杯，把水倒滿整個杯子後，一口氣喝了下去。

打量著手上露出冷漠的眼神看著我的鯨頭鸛，想起這是我和浩明剛交往的時候，他送我的杯子。在不知道第幾次約會時，我們去了動物園，我對鯨頭鸛一見鍾情，浩明說，既然我這麼喜歡，他就買了送我。他自己也買了一個，所以原本我們家各有一個，但最近去他家時都沒有看到，八成是打破了。如果是以前，我就會問他，也會提議我們再去買一個，但我現在不敢問。

我摸著杯子的邊緣。這隻鯨頭鸛一直陪伴在我身旁。浩明第一次來我家過夜、我和浩明吵架的夜晚，拚命找工作的每一天，以及收到錄取通知的日子。第一天上班的早晨，我用這個杯子喝了咖啡，遭到霸凌的那一陣子，我用這個杯子泡了熱花草茶。

「我還是無法和他分手。」

我對鯨頭鸛說。眞的沒辦法。因爲他一直陪伴在我身旁，我不能因爲覺得有點不太對勁，或是感到有點不爽之類的理由提出分手。因爲是我先有了改變。

我對鯨頭鸛說話時，突然想起一件事。交響樂阿婆院子裡的那隻貓圖案的杯子，是南姊愛用的杯子。她曾經眉飛色舞地告訴我，那是她尊敬的作家和她初次合作結束後，送給她的紀念杯。「那是那位作家自行設計的非賣品，是我的寶貝。我每天都用這個杯子，提醒自己不要忘記協助崇拜的作家創作出優秀作品的喜悅。」南姊在說話時，小心翼翼地撫摸著杯子。我去她家玩的時候，曾經看過那個杯子好幾次，所以不可能記錯。爲什麼那個杯子會出現在阿婆院子裡的那些破碗盤杯壺中？

在我開始遭到霸凌時，南姊回去東北的老家。

「我覺得在當今的時代，即使住在外縣市，也不會對工作造成負面影響，我無論在哪裡，都可以努力工作。」

我不知道南姊是因爲什麼原因決定搬回老家。不知道是否打算展開新生活，她剪掉了一頭長髮，露出的耳朵就像小孩子的耳朵般有著淡淡的桃紅色，我當時還覺得自己看到了她意外的部分。她放棄了以前的擦脂抹粉，放棄了把皮膚擦得像陶瓷般細膩，和眼線明顯的美女妝，未施任何脂粉的她一臉神清氣爽地拍了拍我的背說：「香子，加油喔！」我感受到她溫暖的手掌，滿面笑容回答：「好。」當時我告訴自己，我要努力克服霸凌。

當時，我也協助她打包整理行李，看到她用柔軟的毛巾，仔細地包起那個玻璃杯，所以那個玻璃杯應該在南姊的手上，但是爲什麼會出現在那裡？

我坐立難安，放下馬克杯，立刻衝出了家門。

我一口氣跑到阿婆家，按了門鈴。雖然聽到後方傳來好像蜂鳴器般滋滋的聲音，但是沒有人來應門。阿婆出門了嗎？雖然明知道不該這麼做，但我還是繞去後院，看著那些圍成半圓的碗盤杯壺，找到了我想要的東西。我拿起那只玻璃杯，發現果然就是南姊以前用的。雖然沾到了泥土，積了灰塵，但是完全沒有裂痕。我打量著杯子，認為應該是南姊主動放棄了這個杯子。看著色彩黯淡的貓，我想起了南姊的臉。

「原來是妳啊，妳怎麼又來了？」

聽到說話聲，回頭一看，阿婆不知道什麼時候出現在那裡。她混濁的眼睛轉動了一下。

「不要隨便亂動，這是我的東西。」

「妳的眼睛看得到嗎？」

我忍不住驚訝地問。阿婆的眼睛是混濁的灰色，看起來已經失去了原來的功能。我聽說她的雙眼失明了，所以完全沒有想到她可以清楚看見。阿婆滿臉不屑地哼了一聲，皺起眉頭，又對我說了一次：「我不是叫妳不要亂碰嗎？」

「這、這是我朋友的杯子！」我把杯子遞到她的面前說：「那是我朋友很重要的東西，所以我想確認一下，到底是不是她的。」

阿婆露出理所當然的表情點了點頭說：

「這種事，不用妳告訴我，我也知道。」

阿婆緩步走到我面前，從我的手上搶過玻璃杯，用大拇指的指腹摸著杯子表面，擦掉了貓身上的灰塵。

「所以我才會收下來。」

阿婆在餐具中央的固定座位坐了下來，用大衣下襬仔細擦拭玻璃杯，輕輕吹了一口氣。

「我會好好照顧它到最後。」

「照顧？妳只是用力敲打，不是嗎？」

我很受不了，忍不住嘀咕道。她那麼用力敲打，精緻的碗盤杯壺很快就會被她敲壞。我猜想地上應該到處都是碎片，沒想到打量周圍，完全沒有看到任何有裂痕的碗盤杯壺，地上也沒有碎片。我忍不住納悶，阿婆說：「不會留下碎片。」她顯然看透了我的想法。

「敲壞就結束了，那些回憶也就成佛升天了。」

我聽不懂她說話的意思。我正想問她在說什麼，突然想起大家爲什麼叫她交響樂阿婆了。

「聽說她年輕的時候『被糟蹋』了，結果原本談好的婚事也泡了湯，所有的一切都毀了，於是她就獨自生活至今。」

南姊告訴了我這件事，她還說，她也不太了解具體的情況，只知道阿婆一直獨自住在那棟房子。南姊也是聽公寓的鄰居說的，不知道有幾分眞實性。只不過如果這些事屬實，那阿婆的眼睛……

「聽說妳的眼睛是因爲被悔婚後很受打擊，結果就失明了，眞的是這樣嗎？」

阿婆聽了我的問題，灰色的眼眸轉動，飄忽了幾下後看著我。阿婆不耐煩地嘆著氣說：

「是假的，我可以稍微看到一點。」

原來是騙人的。我輕輕吐了一口氣，阿婆又繼續說了下去。

「被悔婚倒是眞的。」

她說話的語氣很草率，但動作溫柔地把南姊的玻璃杯放回原來的位置。

「那不是我的錯，我完全沒有失去任何東西，卻被說成是瑕疵品，最後還說什麼把瑕疵品退貨有什麼問題。我既憤怒，又悲哀，全身的血液都沸騰了，簡直就像感情變成了沸水，在內心翻騰，結果就把我的眼睛煮熟了，到了早上，整個世界都變了。」

阿婆呵呵的笑聲乾枯，簡直就像曬乾的青蛙，就是初夏在農村田埂旁經常看到的、黏在地上的青蛙乾。阿婆的笑聲就像失去一切，只剩下空殼的青蛙乾發出的笑聲。

「我媽媽準備了很多餐具作為我的嫁妝，有萩燒[5]的夫妻杯，香蘭社[6]的盤子，德國麥森[7]的茶具套組美得不得了，經典藍洋蔥圖案顏色非常鮮豔，但全都毀了。」

我打量著阿婆周圍的餐具。仔細一看，發現其中也有不少沾到泥土的塗漆茶碗和 Tiffany 藍的杯子等看起來很高級的東西。阿婆可能猜到我在想什麼，拿起了有葡萄鏤花圖案的盤子，擦了擦灰塵後說：「當時的餐具早就沒有了，我的回憶也全都結束了，完全沒剩下。」她的聲音還是像青蛙。

阿婆把盤子放了回去，然後又拿起了茶杯。她好像撫摸般輕輕拍掉杯子上的泥土和垃圾，接著又拿起另一個餐具。

「妳很愛惜這些餐具。」

我發自內心這麼認為，甚至感到欽佩。阿婆低頭看著盤子回答說：

「妳也有吧。」

我聽不懂這句話的意思，忍不住歪著頭。我也有？

「大部分人走過路過，都不會停下腳步，只會皺起眉頭，覺得這裡有一個瘋婆子，但是，只要是停下腳步的人，都有想放在這裡的東西。」

「我有想要放在這裡的東西？」

我巡視院子內。

「如果沒有，當然再好不過了。妳該回去了。」

阿婆好像在趕蟲子般甩了甩一隻手，我結結巴巴地說著：「啊、呃、嗯，那我就告辭了。」然後離開了阿婆家。

咻。一陣冷風吹來，行道樹搖頭晃腦，發出了沙沙的聲音。風中冬天的氣味越來越濃，我拿起掛在脖子上的手機，找出了想要找的那個人的電話。那次之後，我從來不曾和她聯絡過，因爲我自顧不暇，所以她寄了好幾封電子郵件

5 山口縣萩市燒製的陶器。最大的特色是燒成感低的柔軟土質與高吸水性。由於吸水性高，長年使用後，茶或酒會滲透使茶碗色彩產生變化。

6 有田燒名品，以日本傳統的柔和優雅和斑斕華麗著名於世。

7 MEISSEN，發源於德國德勒斯登，許多中世紀的建物，如哥德式建築亞伯特堡、聖母教堂、主教教堂以及無數文藝復興時期的古典建築，都對麥森瓷器的創作有顯著的影響。

給我，但我都沒有回覆。

猶豫再三，我撥打了那個電話。一次、兩次、三次。我數著鈴聲的次數，電話轉進了語音信箱，我聽著公事化的語音回覆，用力吸了一口氣，但是我不知道要說什麼，也不知道要怎麼說。南姊，妳好，我是香子。呃，不好意思，突然打電話給妳，我看到貓玻璃杯在阿婆的院子裡，爲什麼？雖然我在腦袋中組合著該說的話，卻無法順利說出口。啊啊，難道我甚至無法和敬重的南姊說話了嗎？

我覺得自己太沒出息，眼淚都快要流下來了。

「對、對不、對不起。」

我好不容易擠出這句道歉的話，掛上了電話。我嘆了一口氣，抬頭看著天空。如果說有什麼東西想放在那裡，也許是我自己。我這種人也許更適合在那個院子內靜靜地腐爛。

下班回到家後，我會立刻上床睡覺。因爲浩明說，如果習慣日夜顚倒的生活，以後轉職時會很傷腦筋，所以我都會上午十點就起床，但這天七點多時，我就被門鈴聲吵醒了。

照理說，應該不會有人在這個時間來找我，但到底是誰呢？我昏昏沉沉地下了床，看了對講機的螢幕，忍不住發出了驚叫聲。因爲南姊出現在螢幕中。

「南、南、南姊？！」

我急忙跑去玄關開門，南姊眞的站在門口。

「好久不見，不好意思，突然來當不速之客。」

她舉起一隻手，笑著對我說。那正是我最後一次見到她時的笑容。

「我想在妳出門上班之前看妳一眼，所以就搭了夜車上來。」

我看著滿面笑容的她，緩緩地說：「呃，那個、那家公司、我、已經辭職了。」

「啊？是這樣嗎？所以妳有時間嗎？我會不會打擾妳？」

南姊爲什麼突然來找我……？我有點不知所措，但還是點了點頭。

「妳昨天不是打電話給我嗎？我聽到妳在語音信箱的留言聲音有點不太對勁，所以想來看看妳好不好。」

南姊在椅子上坐下後，遞給我一個紙袋，「啊，這是我老家那裡的油炸饅頭。」

「謝、謝謝。呃，那我來泡咖啡。」

「哇，我記得妳泡的咖啡很好喝，那就拜託了。」

我在廚房準備泡咖啡的同時看著南姊。她像以前一樣，輕鬆地坐在那裡，打量著我的房間，充滿懷念地說：「我送妳的印刷版畫還掛在那裡。」「咦？這是音感鐘嗎？好懷念啊，我可以拿起來看嗎？」

「好啊，可以啊。」

我把咖啡豆放進手搖磨豆機開始磨豆。我很喜歡磨咖啡豆，因爲可以暫時不去想其他事。當我咕嚕咕嚕轉動把手時，南姊問我：「所以妳發生什麼事了？」

「妳問我發生什麼事……」

「我和妳是什麼關係？不必對我有所隱瞞，妳一定是遇到了什麼事，才會打電話給我。」

南姊拿著音感鐘走進廚房，探頭看著我的臉。

「我覺得妳的房間感覺比以前陰沉，妳看起來也很悲傷，妳怎麼了？」

鈴鈴。她手上的Fa發出了清脆的鈴聲，震動了我的鼓膜，淚水立刻奪眶而出。

「那個、那個……」

我嚇了一跳，但是一開口說話，立刻變成了嗚咽。

手搖磨豆機從我的手上滑落，大聲地掉在地上。我抱著南姊哭了起來。

我不知道自己爲什麼哭泣。照理說，現在完全沒有理由哭泣，但是，眼淚不停地流，我放聲大哭起來。南姊默默地抱著我。

「我們不是有兩年左右沒聯絡了嗎？好不容易接到妳的電話，妳在電話中的聲音不太對勁。妳平時說話都很有精神，但留言中只說了一句對不起，我告訴自己，如果不來看一下，我絕對會後悔。」

南姊在我停止哭泣之後，代替我泡了咖啡後說道。

「我最近才能夠想出門就出門，馬上過來看妳，如果是之前，就沒辦法這麼自由。三天之前，我爸爸終於去了安養院。」

南姊說，當初她回老家，是爲了照顧腦中風後留下後遺症的父親。

「我讀大學時，我媽媽就離開了人世，我有一個比我大兩歲的哥哥，在仙台結了婚。我哥哥嫂嫂，還有我爸爸都覺得我這個女兒一個人自由自在，日子過得很逍遙，所以認爲我是長照不二人選。」

南姊不滿地嘟起了嘴，「話說回來，終究是自己的爸爸，總要有人照顧，即使抱怨也解決不了問題，所以我就回去老家了，而且我原本幹勁十足，覺得在照顧我爸爸的同時，也可以繼續工作。只不過事情沒有我想的那麼簡單，雖然可以在線上討論工作，但是很難抽身陪同作家去採訪。因爲長照工作沒有休假，所以有時候必須在工作方面妥協，最後木部老師終於忍無可忍地說，『女人在工作上很容易半途而廢，所以我不喜歡和女人合作』，我也就無法再擔任他的責任編輯了。」

木部老師就是南姊很崇拜的作家。

「雖然我痛苦得要死，也覺得很遺憾，但我的確無法全力投入工作，根本無法兼顧工作和照顧爸爸，所以只好放棄了工作。」

南姊對著咖啡吹氣的同時繼續說了下去。

「於是我決定專心照顧爸爸，但我爸爸是超過八十公斤的壯漢，我是不高也不矮，不瘦也不胖的文科人身材，再怎麼照顧也有極限。幸好我家附近剛好新開了一家安養院，一問之下，發現那裡的環境很不錯，我爸爸也改變了主意，說什麼『還是由專業的來照顧比較輕鬆』，於是三天前住進了安養院，所以妳打電話給我的時機很湊巧，這簡直是奇蹟。」

呵呵呵。南姊對我笑了起來。我也想回應她的微笑，但只是臉頰抽搐了幾下。

「南姊，妳果然很堅強。」

我摸著無法順利擠出笑容的臉頰。

「我無法像妳這樣笑出來。」

我娓娓訴說起至今爲止發生的事。霸凌的事、上司的事。從公司離職後，我去工廠上班，努力撐下來，但是看不到未來。我時而哽咽，時而泣不成聲，時而淚流不止，但仍然努力說明了自身的狀況。南姊默默傾聽，最後撫摸著我的背說：

「原來妳這麼努力，妳很厲害。」

「我厲害嗎？」

「對啊，香子，我覺得妳才堅強。」

南姊撫摸著我的背說道。「妳比任何人更堅強，妳是我的英雄。」

「英雄？我怎麼變成了英雄？」

因爲英雄的形象和我天差地遠，我忍不住噗哧一聲笑了起來。

「眞的啊，」南姊一臉理所當然的表情，「因爲在我快死的時候，是妳救了我。」

「啊？妳該不會說那年冬天的事？」

那是在我認識南姊那一年，差不多現在這個季節的時候。南姊傳了訊息給我：「我感冒了！而且燒得有點厲害，渾身不舒服。」於是我帶了運動飲料、冰淇淋、優格和切成小塊裝在保鮮盒裡的蘋果去她家，放在她家門口，然後又回覆她「如果需要我支援物資，隨時告訴我」。那時候我們是朋友，經常去對方家串門子，有時候開章魚燒派對，有時候吃火鍋。

南姊以爲只是感冒，所以沒有去醫院，結果她誤判了自己的病情。她的病情遲遲沒有好轉，我正在想，她的感冒怎麼還沒好，結果有一天深夜，接到她的電話，她哭著對我說：「我已經動不了了，香子，怎麼辦？我可能快死了，我好害怕。」

向來冷靜的南姊像小孩子般泣不成聲，我著急不已，問她要不要叫救護車？沒想到她哭得更慘了，說什麼「如果爲這種事叫救護車，會對不起眞正需要急救的人」。我猜她因爲高燒的關係，有點語無倫次，心想和她討論，也不會有什麼結果，於是查了附近有急診的醫院，然後趕去南姊家。

結果，南姊是因爲得了流感，病情惡化引起了支氣管炎，必須住院治療。

那次之後，南姊有很長一段時間都說我是她的「救命恩人」。

「我只是帶妳去醫院而已。」

「不是只有帶我去而已，妳還記得嗎？妳騎著腳踏車載我去醫院。」

「喔喔。」

那天晚上很冷。抱著我的南姊就像熱水袋一樣渾身發燙，顫抖不已。

「請妳抱緊我，小心不要掉下去！」

我一隻手握著腳踏車的把手，另一隻手緊緊握著她抱著我腰的雙手，然後用盡全身力氣踩踏板。

「那天晚上的夜空很美，星星很亮，吐出的氣就像雲一樣飄走。雖然我很擔心自己會死，但是手臂感受到強大的生命力量。不瞞妳說，其實那時候我和男友分手，感到很孤獨，覺得自己很渺小，很沒有價值，只要稍微不注意，我整個人就會消失不見。但是，妳讓我感覺到並不是這樣，我終於相信有人這麼努力，只是爲了讓我活下去。」

呵呵呵。南姊露出溫柔的微笑。

「在照顧我爸爸的時候，還有辭去工作時，我都會想起妳的背影。只要想起妳爲我拚命騎腳踏車的背影，就覺得自己不會有問題。因爲只要我有什麼狀況，會有人願意在深夜騎著腳踏車暴衝。」

「我哪有暴衝啊！」

我想發出「哈哈」的笑聲，但流下的是眼淚。我雙手捂住了臉。

我想起了記憶角落的一些微不足道的回憶，都是不值一提的回憶，原來其中有著支持別人的堅強。

「所以我告訴自己，如果有朝一日，妳打電話給我，無論妳遇到了什麼狀況，我都會馬上趕到妳身邊，讓我也有機會爲妳騎腳踏車。」

「……妳要帶我去哪裡？」

我在自己的掌心內喃喃問道，南姊笑著說：「不知道。要不要出去？先去散個步？去看看我的玻璃杯好不好。」

「啊！玻璃杯！」

我猛然抬起頭叫了起來。

「妳也知道？」南姊露出驚訝的表情。

我和南姊一起來到阿婆家，剛好趕上了「定期音樂會」。

「今天也很來勁。」

南姊噗哧一聲笑了起來，我也笑著說：「對啊。」我看到南姊的玻璃杯就在阿婆的右斜前方。

「當木部老師說『女人如何如何』時，我覺得自己內心重要的東西碎掉了。」

叮咚噹咚鏘。我聽著帶有節奏的聲音和南姊的話。

「至今為止的人生中，我不知道聽到多少次類似的話。小時候被大人說，長大之後，又有各式各樣的人對我說這種話。女人不需要這麼高的學歷，女人要做面子給男人。類似的話聽了無數次，我每次都想『好啦好啦，又來了』，我以為自己已經能夠淡然處之，但是，木部老師對我說的話，真的打擊很大。因為這和性別無關，如果對我的工作態度不滿，可以批評我這個人，但是把我放進『女人』這麼大的框架內，會讓人很傻眼，之前累積的一切，像是回憶和以前珍惜的一切，都幾乎把我壓垮。因為實在太痛苦了，所以我不希望再看到那個玻璃杯，但又無法丟掉。」

叮！金色邊緣的大碗發出響亮的聲音。阿婆心滿意足地深深點了點頭。

「正因為以前很珍惜，所以無法輕易丟掉，於是我想到了這裡。」

這時，我聽到玻璃碎裂的聲音，忍不住大吃一驚。抬頭一看，發現阿婆旁邊的葡萄酒杯碎了。

阿婆收起筷子，「嘿喲」一聲，吃力地站了起來，開始撿那個碎掉的杯子和碎片。當她全部撿完後，走向院子角落的收納箱，打開蓋子，小心翼翼地把葡萄酒杯放進去。原來那裡專門放破碎的餐具。我忍不住探出身體看過去，阿婆把所有的碎片都放進去後，語氣溫柔地說：

「你已經完成了使命，不需要再哭了，辛苦了。」

阿婆說完，緩緩蓋上了蓋子。

「喔喔，原來是這麼一回事。」

我恍然大悟。

「香子，妳了解了嗎？只有了解的人會在這裡停下腳步，也有需要送來這裡的東西。」

「南姊，所以妳是因為這個原因才會來這裡。」

「沒錯。」

阿婆又走進半圓內，我和南姊默默聆聽音樂會。

阿婆看到我帶著鯨頭鸛的杯子來這裡，用力嘆了一口氣。

✦

「妳自己沒辦法解決嗎？」

「我決定回北九州的老家。」

我和南姊聊了很多，南姊勸我「和家裡人討論一下，妳是在愛的環境下長大的孩子，而且妳的父母很疼愛妳。我認爲妳的父母悉心照顧妳長大，所以妳才會這麼直率和坦誠。我相信妳的父母一定會爲妳著想，協助妳一起思考如何解決問題。雖然可能會讓他們擔心，但是如果孩子遇到困難卻沒有向他們求救，會讓他們更加痛苦。」

我在南姊的陪伴下打電話回老家，說出了自己所有的情況。媽媽雖然很驚訝，起初哭了起來，但之後用開朗的聲音說：「那妳回來吧，也可以回來這裡努力。我會先去妳那裡，幫忙妳一起收拾行李，然後去東京觀光一下，我們再一起回來。我想去東京鐵塔，北九州的人都說，東京鐵塔比天空樹更值得一去。

東京鐵塔。老媽和我，有時還有老爸[8]。」

「有時才有我嗎？」電話中傳來爸爸的聲音。媽媽笑著說：「對啊。」全家歡樂的情景讓我好懷念。

「……我、可以回去嗎？」

「妳在說什麼啊，當然可以。等妳養精蓄銳之後，如果還想去東京，到時候再去就好，即使不再去東京，也要找回活力，這樣妳就可以去任何想去的地方。」

媽媽很堅強地鼓勵我，在一旁聽我打電話的南姊也笑著說：「就是啊。」

但是，我和浩明分手了。

「我是妳的男朋友，妳爲什麼不和我商量？我之前就說，打算和妳結婚，那就是在向妳求婚，但妳爲什麼作出這種決定？」

「因爲即使留在這裡，我也無法重新站起來。對不起，所以……」

雖然我們會暫時遠距離，但我希望可以繼續交往下去。我原本打算這麼說，沒想到浩明不悅地說：

「簡直受不了。該不會，不，我想妳是因爲覺得無法期待結婚之後可以輕鬆過日子，所以打算回老家靠父母。沒想到妳是想法這麼天真的人！」

浩明情緒激動，完全不願意聽我解釋。他一個勁地數落我的想法膚淺、缺乏獨立心，但是最後幽幽地說：「當女人太占便宜了。我……男人就無法像妳這樣逃避，越是想要活得有尊嚴，就需要扛起更多責任，無法像妳這樣輕易放棄。」

浩明費力地擠出這幾句話，他的聲音很無力，所以我知道那是老實的浩明眞心的想法。

「浩明，對不起！」

聽到他無助的聲音，我終於發現，浩明一直無法向我傾吐內心的焦慮和痛苦。如果我能夠抬頭挺胸地說，我和浩明的彼此平等，如果他也這麼認爲，就會把內心的辛酸向我訴說。我之前完全沒有發現，他因爲這個原因受到了傷害。

「對不起，我的確一直太依賴你了。」

浩明也有自己必須面對的戰役，這個世界上，沒有任何人無憂無慮，都會有不順心的日子，也會遭遇倒楣事，但是，我只想到自己的事，完全沒有顧慮到他。我在無意識中依賴他的堅強。

8 出自日本作家中川雅也的作品《東京鐵塔：老媽和我，有時還有老爸》。

「我一直以爲你很堅強，我像傻瓜一樣地以爲你很堅強，所以沒有煩惱。對不起，對不起。」

我爲自己的不成熟流下了眼淚。雖然我曾經祈禱，希望自己可以成爲配得上浩明的女人，但也許在不知不覺中，成爲一個傲慢的人。

「……算了，我們無法做到彼此追求的相互扶持，也缺乏相互扶持的溝通，就只是這麼簡單，再見。」

浩明掛上了電話，我不成熟的戀愛也宣告落幕。

「請妳讓這個杯子加入那些碗盤杯壺，拜託了。」

這個杯子和這個杯子的回憶曾經帶給我力量。回想起來，和浩明交往的日子很開心，也很幸福。我無法把這些回憶的象徵丟掉，也無法打破這個杯子，但也不能帶著它走向未來的生活。

「拜託了。」

我遞上杯子，鞠躬拜託著。長時間的沉默後，阿婆從我手上拿走杯子。我抬起頭，阿婆再次嘆著氣說：「這個杯子看起來很牢固。」

阿婆把鯨頭鸛的馬克杯放在那些碗盤杯壺中央，開始了定期音樂會。我坐在圍牆旁欣賞。

那果然稱不上是演奏，看起來只是胡亂揮動筷子，敲打那些碗盤杯壺。雖然我自認理解了阿婆演奏的意義，但無法產生巨大的感動，看到鯨頭鸛的杯子被敲出叮叮的聲音，我反而覺得自己到底在幹嘛？

但是，這些都是充滿回憶的聲音。那是我和南姊，還有其他不認識的人眼淚的聲音，那是自己無力解決，無法癒合的傷痛的聲音。雖然滑稽得讓人忍不住想要一笑置之，覺得像傻瓜一樣，很脆弱，很沒出息，但又無法不愛。這些無法捨棄的回憶，簡直就像在阿婆的帶領下列隊行進，邁向平靜的終點。

鯨頭鸛的杯子，請你代替我在這裡哭泣，直到被敲破的那一天。只要你在這裡不顧形象地哭泣，我就可以不再哭泣，繼續邁向未來的人生，我可以把失去回憶的傷痛和悲傷的回憶全都交給你，繼續邁向未來。

音樂會結束，阿婆把筷子放進口袋。我站起聲，叫了一聲「Bravo！」然後發自內心鼓掌，希望這些碗盤杯壺有朝一日結束所有的回憶陷入沉睡，一定會有這麼一天。

阿婆就像趕蒼蠅般向我揮了揮手，皺著眉頭說：「妳太吵了。」

「萬分感謝。南姊……就是那只貓玻璃杯的主人，也要我代她向妳問候。」

南姊重新開始找工作，她希望可以重拾編輯工作。因爲她必須去探視父親，所以無法搬離老家，但是她現在可以擁有自己的時間，所以打算好好努力。她充滿活力的笑容果然很堅強，讓我很崇拜。

「喔喔，妳是說那位小姐。」阿婆瞇起眼睛問：「她最近還好嗎？」

我用力點了點頭，阿婆看著我說：「那太好了，妳也要多保重。」

她那雙被憤怒和哀傷燒壞的眼睛注視著我。照理說，我很怕別人看我，卻能夠正視她的雙眼，難道是因爲無法從她的雙眼中感受到任何感情嗎？不，那裡有感情，在她的眼睛深處，有著慈愛般的溫柔。南姊應該也曾經注視這雙眼睛。

「呃，阿婆……啊，不是，請問妳……」

慘了，我不知道她的名字。我手足無措，阿婆冷笑一聲說：「就叫我阿婆吧，反正大家不是都這麼叫嗎？」

我縮起身體，低頭說了聲：「對不起。」

「只要帶著親切，叫我什麼都沒關係。」

她的聲音很溫柔，所以我悄悄抬起雙眼，看到一張微笑的臉龐。我也對她露出了微笑。

回到家裡，已經從九州來到東京的媽媽正在廚房整理。

「妳剛才去了哪裡？」

「我把以前用的杯子拿去送人了。」

「喔，有人要嗎？還有其他東西啊，那個人還要嗎？」

「我想應該不需要了。」

和媽媽說話時，會忍不住說差不多快忘記的方言。每次用熟悉的語氣說話，就覺得以前那個閃亮的自己回來了。

「香子，那個箱子裡裝的都是原本放在這個架子上的東西，可以丟掉嗎？」媽媽指著紙箱說，「如果有什麼需要的，就放去那個箱子。」

「媽媽，妳眞是什麼都想丟的斷捨離魔人。」

我在說話的同時打開了箱子，忍不住倒吸了一口氣。Fa的音感鐘就放在那些小東西的最上方。

我輕輕拿出來搖了搖，聽到了清脆的Fa。

「不知道瀨戶最近在幹嘛。」

我喃喃說著。得知瀨戶整天關在家裡時，我想到了自己，覺得她一定和我一樣，遇到了痛苦的事。但是，這樣沒問題嗎？

「應該還是躲在家裡吧？」媽媽說，「如果妳關心她，就去看看她啊，妳們讀小學的時候，不是好朋友嗎？」

「是啊，這是個好主意。」

南姊說我是英雄，我的舉手之勞，可以推別人一把。

我還有餘力幫助別人嗎？

我閉上眼睛，又搖了一次音感鐘。

「我把這個帶去給瀨戶。」

既然有哭泣的聲音，就有讓人回想起幸福的聲音，也一定有帶來溫柔的聲音。

啊啊，我要尋找許多這種可以讓人幸福的聲音，然後搖響這些聲音。希望大家把這些聲音串在一起，奏出充滿幸福聲音的進行曲。

音感鐘不停地發出優美悅耳的聲音。

積雨雲誕生的時刻

我醒來時，和蜘蛛對上了眼。

正確的說法，應該是我覺得和蜘蛛對上了眼。當我睜開眼睛時，發現天花板角落有一隻小蜘蛛，那隻蜘蛛注視著我，好像在責備我。

啊啊，該分手了。

我緩緩移動視線，男友海斗在我身旁熟睡。蜘蛛在天花板上虎視眈眈，他竟然毫無防備地微微張著嘴巴。我端詳著他那張白天的時候很難看到的孩子氣臉龐片刻。

我悄悄下了床，以免吵醒海斗，急忙穿上散落在地上的衣服，然後找到一個紙袋，把我留在房間四處的私人物品全都塞了進去。我和海斗交往一年左右，沒想到留了不少東西在他家。原本以爲自己會在這段關係中保持冷靜，但也許並非如此。

眼前的紙袋已經塞滿，我再次巡視室內。我拿起矮櫃上的便條本，撕下一張，拿起旁邊的筆，用潦草的字寫下「我們分手吧，這段時間謝謝了」。把寫好的便條紙放在桌上後想了一下，把原本桌上的小盒子當作紙鎮壓在便條紙上，就離開了海斗舒服的家。

我把鑰匙丟進信箱後，離開了公寓。天色還沒有全亮，亮晃晃的朝陽正準備擠進大樓之間。街上沒有來往的車輛，也沒有行人。幾個小時後，各式各樣的生物都會爬到街上，陽光也會變得很暴力。

「……去吃碗牛丼吧。」

我摸著胃，自言自語著。今天是休假日，所以昨晚很晚才睡。海斗推薦的電影和香檳，冰過的桃子、服務周到的性愛和枕邊細語填滿了整個夜晚。不知道是否產生了反作用力，現在很想大口吃垃圾食物。

雖然是一大清早的時間，二十四小時營業的連鎖牛丼店內沒想到也有不少客人，我踏進牛丼店，只花了不到十分鐘的時間，就把大碗牛丼和味噌湯塞進肚子後離開了。我重新拎起提繩深深勒住手掌的紙袋，思考著要不要搭計程車回家。要拎著這麼重的紙袋換電車嗎？太累了。如果車站前有計程車，就搭計程車回家？我正在思考這個問題時，手機震動起來。該不會是海斗發現我離開了，所以打電話來？我皺起眉頭，沒想到是住在鄉下的媽媽打來的。媽媽很少會打電話給我，而且是這麼一大清早。一定發生了什麼事。我急忙按下了通話鍵，平時說話語速就很快的媽媽在電話彼端一口氣說：「啊啊，萌子嗎？妳可以回來嗎？藤江姑姑死了。芽衣子剛才去她家察看，發現她躺在被子裡斷了氣。剛才已經叫了醫生，正在等醫生上門。」

「怎麼會這樣？她生病了嗎？」

「她昨天還和平時一樣在田裡種菜，所以應該是猝死。藤江姑姑也已經八十多歲了，接下來不是要準備葬禮嗎？這次會在我們家舉行，所以妳可以回來幫忙嗎？」

我的老家位在離北九州市不遠的小城鎮山區，不知道是否因爲鄉下地方的習俗，當有人去世時，很少會在殯儀館舉辦葬禮，都是在自己家中、公民館[9]或是嫡系家族成員的家中舉辦。我老家就是嫡系家族，從我小時候開始，就成爲旁系家族的葬禮會場好幾次。

「原來是這樣。好啊，那我就回去。」

我已經幾年沒回家了？上次是祖父十三週年忌的時候，所以已經四年了。難得回家露個臉，整天用電子郵件長篇大論對我說教的父母也會安心，而且不知道該不該說擇日不如撞日，我剛好請了三天年假，偶爾回去老家也不壞。雖然海斗不會去我家或是上班的地方堵人，但還是覺得暫時離遠一點比較好。

「啊？眞的嗎？太難得了，我只是問問看而已。」媽媽驚訝地回答。

「什麼意思？」我很受不了，「妳打電話給我，不就是希望我回去嗎？」

「雖然是這樣，但妳不是不太想回來嗎？妳從以前就像斷了線的風箏一樣**飄啊飄啊飄啊飄啊飄啊飄啊飄啊飄啊**。」

「到底是要飄多久啦，如果只是聽妳的挖苦，那我就不回去了。」

「不要這樣嘛，開玩笑、開玩笑啦。謝謝，那就拜託了，等妳回來喔。」

和媽媽通完電話後，把手機塞回皮包。不經意地看向行道樹，看到了剛羽化的蟬，身上還帶著剛出生的青澀。等到太陽升起，牠就會擺脫青澀，得到聲音。幾個小時之前，牠還在泥土中，簡直是天翻地覆的巨大變化。不知道有沒有蟬希望自己到死之前，都獨自靜靜地躲在泥土中。如果眞的有這樣的蟬，不知道是否能夠如願留在泥土中，還是會強制性地被丟進這個世界？在廣大的世界中，被不計其數的同類鳴叫聲包圍的蟬，是否會尋找可以獨處的地方死去？

我怔怔地想著這件事。

9 日本社會教育設施，提供社區居民日常生活所需資訊、協助居民學習，並舉辦講座、展覽、體育、文化休閒等多樣化的社區活動。

手機再次震動。這次是海斗打來的。我原本打算假裝沒看到，但隨即改變了主意，覺得要維持最低限度的禮儀，於是按下了通話鍵。電話中傳來低沉的聲音。

「什麼意思啊？妳只是留下一張紙條，我完全搞不清楚狀況。」

「……我之前不是和你提過，有時候會突然覺得什麼都不想要了嗎？這種感覺又出現了。對不起。」

「等一下，也太突然了。我有哪裡做錯了嗎？妳對昨天有什麼不滿嗎？」

海斗的聲音充滿困惑，他平時向來臨危不亂，冷靜沉重，是我害他發出了這樣的聲音。

「對不起，你沒有錯，是我的錯。就這樣。」

我掛上電話，然後關了機，用力搖了搖頭，邁開步伐。趕快回家整理行李，準備回老家。

搭新幹線和普通電車，再搭計程車回家，總共要將近四個小時。雖然臨時決定，但幸好買到了新幹線的對號座車票，我靠在椅子上，嘆了一口氣。昨晚可能喝醉了，所以感覺格外疲累。我將視線移向車窗，看著一大片看不到盡頭的積雨雲。

「要不要乾脆換個工作？」

我在一家診所當護理師，海斗是附近一家咖啡店的老闆。我和同事有時候會去那家咖啡店，因爲這個原因認識之後開始交往，但海斗原本似乎喜歡我的同事，不知道爲什麼，最後和我交往。以後我不會再去他的咖啡店，但很難保證不會在哪裡巧遇，而且我總覺得差不多該換一個新的環境，去一個完全沒有人認識我的地方。

據說、我有重啓症候群這種毛病。

這並非經過專家診斷的結論，而是二十四歲時交往的男友這麼說我，我恍然大悟，覺得用這種方式把自己歸類，或許不至於覺得自己太難搞，於是就認爲是這麼一回事。

我經常會在某一天，在不經意的瞬間，突然覺得之前建立的人際關係很沉重，手腳失去自由，呼吸也很急促，覺得繼續留在原地，不是會被壓垮就是呼吸困難而死。這種焦躁支配了我，於是我就逃走。

我在高中畢業的同時，進入熊本一家護理專科學校。三年後畢業，就在山口縣下關市的一家醫院任職。在那裡工作四年後，又去了廣島市區的一家醫院，工作了兩年，又搬去了兵庫縣朝來市，在目前的神戶市住了一年半，是至今為止最短的一次。

每次搬家，就會刪除通訊錄內所有的資料，斷絕以前的所有關係。在陌生的土地上看到 Delete 這個字，就有鬆了一口氣的感覺。

我向來覺得建立人際關係，就像是用撲克牌搭起精巧的撲克牌高塔，隨時充滿緊張，必須小心翼翼地維持，一旦推翻，頓時輕鬆無比，有時候甚至有舒暢的感覺，全身感受著放棄不該破壞的東西所產生的悖德感、安心感和解脫感。只要有人親近我，只要有人對我好——輕鬆的聊天和歡笑的時間逐漸累積，我就覺得撲克牌在我的背上搭起了高塔，逐漸形成好幾個漂亮的三角形，高塔在我的背上越建越高。我什麼時候會推翻這座高塔？什麼時候要逃離高塔越來越高的壓力？我總是茫然地思考這個問題。

回過神時，發現只剩一站就到老家所在的車站了，我收拾了東西，發現忘了帶珍珠項鍊回來，但我覺得沒關係。無論我的脖子上有沒有珍珠項鍊，都不是什麼大問題。但我想起海斗會提醒我這種小細節，我這個人有點粗枝大葉，經常會犯一些小錯誤，像是在蒸好茶碗蒸時，忘了把事先準備好的鴨兒芹放上去，或是在擦指甲油時，忘了擦右腳的小拇趾。這種時候，個性一絲不苟，觀察力也很強的海斗就會笑著提醒我。如果我們沒有分手，他今天也會在我出門時，對著我的背影說，萌子，妳沒有打開首飾盒。

和以前一樣死氣沉沉的車站前停了兩輛計程車，司機在車上微張著嘴，睡得東倒西歪。我敲了敲車窗問司機，請問現在載客嗎？然後向慌忙打開車門的司機道了謝，說了老家的地址。

車窗外是和幾年前沒有太大改變的景色。祖父的法事在寒冬季節舉行，所以當時看到的行人都怕冷地抓緊大衣的衣襟走在街上，如今看到的是撐著陽傘的女人和穿無袖上衣的年輕女生，這可能是唯一明顯的變化。

我回想起當時曾經思考過，以後是否會回來這裡。聽我媽說，表妹日名子在大阪讀完大學後，回到娘家結了婚，還要我買賀禮回家。女人還是住在離娘家近的地方比較好，住在娘家附近，照顧孩子最輕鬆，而且在成長過程中，經常和外公、外婆相處，對小孩子也有好處。有很多親戚朋友，不會孤單寂寞。女人在自己從小長大的地方生活最幸福，日名子很了解狀況。媽媽除了在我面前滔滔不絕說這些事，還寄了電子郵件一再重申，讓我很受不了。雖然受不了，但還是忍不住思考，這真的是「幸福」嗎？我打開註冊之後就沒有使用的臉書，發現很多老同學都留在老家。也有兩個老同學結了婚，然後讓小孩子讀自己的母校，看著他們這些日子過得很充實的發文，就覺得親眼目睹了媽媽所說的「幸福」。

有朝一日，我也會追求這樣的幸福嗎？和丈夫一起，也許還有孩子，親戚朋友都住在附近，建造起牢固的木造高塔生活下去，而不是撲克牌高塔嗎？我努力想像，但完全想像不出來，就像是美麗的風景畫中央出現了一個黑色的洞，空間似乎有點扭曲，讓我忍不住隱約產生了恐懼，於是我覺得我永遠都無法得到那種「幸福」。

這種想法至今沒有改變，我無法和別人一起累積歲月。

我並不是討厭別人，我也愛我的家人，雖然今天和海斗分手，但我也很喜歡他。在清晨醒來的那個瞬間之前，我對和海斗在一起很滿意，也希望和他繼續交往。只不過就像開關切換般，「在一起」切換到「無法在一起」，就只是這樣而已。

我拿出丟進皮包的手機，打開電源一看，發現來電顯示中有一大半都是海斗的名字。我們之前理所當然地用這個號碼相互聯絡，但以後不會再和他搭上線了。

我封鎖了他的號碼，刪除了來電紀錄，然後打開LINE的畫面，看著之前那些無聊的對話，不知道該不該說是時機太巧，剛好收到了他傳來的訊息。

「妳用這種方式讓自己消失，難道不會寂寞嗎？有朝一日，妳可能會感到孤獨寂寞，爲獨來獨往後悔，但後悔可能已經來不及了。」

我輕輕嘆了一口氣。這是第一次有人直截了當這麼問我。因爲我每次都在對方責備之前就逃走了，告訴我重啓症候群這個字眼的前男友在我提出分手時，只是笑著說：「眞是麻煩的業障。」

「寂寞……」

我打算回訊息，但最後放棄了。我封鎖了他的帳號，嘆了一口氣。

以後我或許會爲自己不和任何人在一起感到後悔，即使會感到寂寞，只要作好絕不後悔的心理準備就好。

我看著螢幕變黑的手機時，計程車已經來到老家門口。看起來像是葬儀社的白色廂型車，和住在小倉的大伯的車子停在停車場。我付了車錢，正在拿行李時，聽到有人對我說：「妳回來了。」回頭一看，發現芽衣子手上拿著菸站在那裡。「沒想到妳這麼早就回來了。」她在說話的同時吐著紫煙，邋遢地穿著我高中時代的夏季運動服——領口已經鬆掉的白色T恤和滿是毛球的紅豆色短褲。

「……怎麼了？」

我忍不住問她。雖然不知道這種說法是否正確，但感覺芽衣子學壞了。

「我一直以爲妳是好學生，現在才進入叛逆期嗎？」

「什麼意思啊？啊，原來妳不知道，是喔是喔，原來如此。」芽衣子恍然大悟，然後自嘲地笑了笑說：「我現在是啃老族。」

「從什麼時候開始？」

「兩年前。」

「這樣啊。」

我上次回來探親時，芽衣子是鄰町一家人力派遣公司的正職員工，積極投入工作，聽說她負責管理登記者的勤務狀況，還要負責業務工作，我記得她曾經很得意地說：「工作超開心，公司也很看好我。」在法事的空檔，也會接到她負責的派遣人員的聯絡，她拿著記事本和他們討論工作。

「妳爲什麼辭職？」

「我搞砸了。」

芽衣子很乾脆地說，然後用力吸了一口菸，然後緩慢地吐出煙。

「好，晚一點再聽妳細說，妳特地出來迎接我嗎？謝謝。」

「不是不是，我只是不想繼續留在家裡。」

芽衣子不耐煩地聳了聳肩。

「啊喲，眞難得啊。」

芽衣子向來很愛家。她就讀的是可以從家裡通學的北九州市立大學，畢業之後，也進了可以從家裡通勤的公司。我不知道芽衣子有沒有臉書，但如果她加入臉書，感覺她是那種會發「老家太棒了」、「我愛我從小生長的環境」之類內容的人。她和九州男兒的爸爸，還有個性保守的媽媽很合得來，聽說她的大學畢業旅行，是和父母三個人租了越野車，去四國和中國地區玩了一趟。我絕對無法和父母長期旅行，整天和他們關在狹小的空間內太可怕了。

芽衣子從我手上接過行李箱後說：「姊姊，妳進去看了就知道。」然後又補充說：「妳絕對馬上會逃出來。」

芽衣子沒有再多說什麼，於是我把行李交給芽衣子後走進家裡。我還來不及說「我回來了」，就聽到媽媽大聲地說：

「什麼意思啊！這麼重要的事，一直等到現在才說？所以她到底是怎麼回事?!」

「沒怎麼回事啊，就是……應該是我爸的情婦。」

「情婦？你們剛才還說只是朋友而已，結果竟然是情婦？眞受不了，令人作嘔。所以現在要怎麼辦？就這樣舉辦葬禮嗎？喂，老公！」

我以爲是父母在吵架，但隨即聽到伯父和伯母的聲音。似乎出了什麼問題。我走向聲音傳來的佛堂，發現他們四個人都愁眉不展地在談事情。媽媽看到我，說了聲「妳回來了」，但臉上的表情很凝重。

「大家都好久不見了。怎麼了？出了什麼事嗎？」

我打量著完全沒有做任何準備工作的室內問，伯母回答說：

「現在搞不清楚藤江姑姑到底是誰。」

「啊？」

我聽不懂這句話的意思，看向父母。媽媽眉頭深鎖地點了點頭。

「葬儀社的人去公所辦理死亡證明，結果公所的人說，她四十年前就死了，而且她並不是本地人。」

媽媽看向在房間角落無所事事的黑西裝男人。我覺得那個男人有點面熟，可能以前曾經協助過誰的葬禮。他的耳鬢花白，有點難以啓齒地說：

「正確地說，是三十八年前，她的戶籍地是北海道的岩見澤市，她的家人宣告她失蹤了。」

我想了一下，什麼是宣告失蹤，然後想起之前在電視劇中聽過這個名詞，好像是如果有人失蹤滿多少年，生死不明，就可以向法院聲請死亡宣告。

「藤江姑婆不是爺爺的表妹嗎？」

「萌子，妳是不是也這麼聽說？結果他們現在說，其實並不是這樣，沒想到竟然是情婦！怎麼會有這麼離譜的事？我們之前都以爲她是爸爸的親戚，所以才照顧她。」

伯母憤慨地瞪著爸爸和伯父，兩個頭頂差不多稀疏的男人尷尬地低著頭，小聲嘀咕說：「要怎麼向妳們解釋？要怎麼告訴妳們，我爸突然包養了來路不明的女人？」兩個女人聽了，更大聲地說：

「但是你們現在告訴我們，我們也很傷腦筋啊。你每次都把麻煩事拖到最後才說，藤江姑姑也很可惡，竟然欺騙我們！」

「媽媽的法事，還有爸爸的葬禮時，她都一副理所當然的態度來參加，撿骨的時候也來參加，早知道她是情婦，根本不會讓她插手！」

兩個女人都咬牙切齒地數落自己的丈夫。

原來如此，芽衣子說的是這件事。我恍然大悟，的確不想繼續留在這裡。只是完全沒想到，藤江姑婆竟然是祖父的情婦。

藤江姑婆獨自住在離我們家走路三分鐘距離的小房子，年紀和已經去世的祖父差不多。從我出生時，她就住在那裡，之前聽說她是祖父的表妹，她個性文靜低調，生活很儉樸，之前在工廠當縫衣工人，也曾經在醫院當清潔工，七十歲之後，在高爾夫球場的餐廳洗盤子。她因爲脊柱後凸而嚴重駝背，我曾經看到她的背影好幾次，走去位在山那裡的高爾夫球場。她把自家後方的空地變成了農田，只要有空，就在田裡幹活。她曬得黝黑的臉上滿是皺紋和斑點，垂下的眼皮幾乎遮住了眼睛。即使大人說她是情婦，我也完全無法相信。

至於我的祖父，是鄉下地方隨處可見的胖老頭，頭也禿了，唯一的興趣就是下圍棋。六十多歲後就得了糖尿病，經常趁同住在一個屋簷下的小兒子家人不注意，偷吃麵包和零食，但每次都馬上被發現而挨罵。他討厭運動，在心臟病發作去世之前，整天都在簷廊上發呆。沒想到他們兩個人竟然是情夫和情婦？

太令人驚訝了。我忍不住嘆著氣，然後走去那個葬儀社的人面前問：「接下來該怎麼辦？無法舉辦葬禮嗎？而且我沒看到遺體，這是怎麼回事？」

「可以舉辦葬禮，我們目前也正在調查，可能要辦理取消失蹤宣告的手續。遺體目前送去警局驗屍，可能晚一點才會送回來。請問葬禮的會場就設置在這裡嗎？」

葬儀社的人瞥了四個大人後問。喔，原來如此，因爲這個原因，媽媽和伯母很可能不願意在這裡舉辦葬禮。果然不出所料，伯母說：「我們家怎麼可以爲情婦送終？如果被外人知道，未免太丟臉了，但是事到如今，又不可能說她和我們完全沒有關係，所以只能借用公民館或是殯儀館，趕快處理完這件事。」

媽媽點頭表示同意。

「大嫂，妳說得對，就這麼辦。我們願意爲她舉辦葬禮，她就要感謝了。

啊啊，對了對了，既然這樣，就要用最便宜的方案。」

「啊，千秋，等一下，如果太便宜，別人會不會覺得奇怪？至少在外人眼中，她算是我們家的人。」

「對，池田婆婆可能會說三道四，她最喜歡討論別人家的八卦了，啊，好煩好煩。」

媽媽和其他人看著葬儀社的葬禮方案抱怨討論著，我看著他們，聽到背後傳來叫聲。「姊姊。」回頭一看，芽衣子躲在紙拉門後方向我招手。我悄悄走了出去，跟著芽衣子走了出去。夏天的風吹在臉上，我剛才在無意識中不敢大聲呼吸，此刻用力深呼吸了一下。鄉下地方帶著青草味的空氣填滿了整個肺，我在吐氣的同時問：

「這是怎麼回事？媽媽不是和藤江姑婆關係不錯嗎？我記得以前經常送做好的菜過去，藤江姑婆也會送我們蔬菜，而且媽媽還曾經說，藤江姑婆不會因爲自己是長輩就對人指手畫腳，人很不錯，不是嗎？根本沒必要在人死之後貶低她。」

「是不是超可怕？一旦得知她不是自家人，兩個歐巴桑就抓狂了。」芽衣子點了菸，笑了起來。「無論是媽媽還是伯母，對外人的警戒心太強了。既然已經打了十幾年的交道，不就像家人一樣嗎？根本沒必要計較這些，好好送她最後一程就好。」

「芽衣子，妳知道藤江姑婆的事嗎？」

芽衣子吐出細長的煙，緩緩搖了搖頭。

「我成爲啃老族之後，和她變成了類似朋友的關係。我以爲我們聊了很多，但是她從來沒提起這件事。」

「啊啊，對了，妳爲什麼辭去工作？妳不是覺得那份工作很適合妳嗎？」

芽衣子聽了我的問題，從口袋裡拿出攜帶式菸灰缸後回答說：

「婚外情。很常見的情況，我和客戶的人事負責人婚外情，他太太跑來公司大鬧，我就無法繼續留在那家公司了。」

「妳和別人婚外情？」

我太驚訝了。芽衣子從小就是優等生。雖然不太懂得隨機應變，但腳踏實地，也很刻苦努力。她個性溫柔體貼，也很溫和，很聽大人和長輩的話，從來不會反駁大人的意見。

我無法忘記在芽衣子小學三年級，我國中一年級的時候，我在學校遭到霸凌，被幾個女生盯上，在背後罵我「醜八怪」、「陰森女」。據說是因爲她們其中某個人喜歡的男生和我關係很好，但是我當時根本不知道她們爲什麼突然罵我，所以不太想去學校。我告訴父母，同學突然對我產生了敵意，我完全搞不懂是怎麼回事，而且也很煩，所以不想去學校，沒想到父母說什麼「妳是不是也有什麼過錯」、「如果妳因爲這種小事就不去上學，別人會更看不起妳」之類誤判形勢的話，硬是逼我去學校。當時只有芽衣子生氣地爲我說話。「不可以這樣！眞正的朋友不會罵姊姊醜八怪，也不會嘲笑姊姊！如果姊姊做錯了什麼，會直接告訴姊姊！」她脹紅了臉，跺著腳大喊：「爸爸、媽媽，你們爲什麼不爲姊姊出氣！」

這樣的芽衣子竟然和別人婚外情。

「爲什麼？」

「嗯，可能覺得生存很不容易吧。」

芽衣子聳了聳肩。

「我和阿拓……就是我大學時交的男朋友，不是遠距離戀愛嗎？他劈腿，說對方懷孕了，於是就向我提出分手。那次之後，我就覺得一切都很空虛，可能有點自暴自棄，所以聽到別人的甜言蜜語就暈船了。我在戀愛上栽了兩次跟頭，而且還受到社會的制裁，所以就不想再出門了。」

「爸爸和媽媽知道這件事嗎？」

「知道啊，但他們覺得我涉世未深，被人家騙了。」

四年前，芽衣子的頭髮梳得一絲不苟，妝容亮麗，衣服筆挺，擦了米色指甲油的指尖亮閃閃，但眼前的她一頭凌亂的頭髮挽了起來，完全沒有化妝的臉上有明顯的雀斑，穿著滿是毛球的短褲和橡膠拖鞋，然後抽著菸。

「總之，我搞砸了，無法做任何事，嘿哈哈。」芽衣子發出奇怪的笑聲。

「我也不想和朋友一起玩，藤江姑婆成為我唯一的朋友。」她注視著從手指飄出的煙。「但是不知道藤江姑婆怎麼看我，她什麼事都沒告訴我，我甚至不知道她是北海道人。不知道是因為什麼原因，來到九州這種深山幽谷，聽爸爸他們說，爺爺甚至沒去過北海道。」

我回想起藤江姑婆。我記得她都說這裡的方言，並不記得有什麼不對勁的地方。

「藤江姑婆什麼時候來這裡？」

「媽媽說，她嫁進來的時候，藤江姑婆就住在那裡了，所以至少有三十五年了。」

既然這樣，會說這裡的方言也很正常。

「姊姊，妳要不要和我一起去藤江姑婆家？」

我正在思考，芽衣子問我。「我想在兩個歐巴桑去抄家之前，整理藤江姑婆的東西。」

「啊，可以隨便動她的東西嗎？」

「沒關係，而且如果交給那兩個歐巴桑，後果不堪設想，妳沒看到她們激動的樣子嗎？」

那倒是，我也同意。媽媽和伯母都很愛八卦，也很愛探聽別人的隱私。等葬禮結束之後，她們很可能會去藤江姑婆家東翻西找，我不想看到自己的家人，尤其是自己的母親發現已經死去的人的過去和秘密到處宣揚。

「藤江姑婆的遺體也不會這麼快送回來，離安排葬禮也還有一段時間，現在是大好機會，所以我要去她家。」

芽衣子把香菸塞進攜帶式菸灰缸後，又說了一次：「姊姊，妳和我一起去。」

「好吧。」我點了點頭，「反正遲早要清理她的房間，不如趁現在處理。那我幫妳。」

我們一起走去藤江姑婆家。老家前有一條河，河上架了一座小石橋，過了小石橋，往左側神社的方向走一小段路，就可以看到一棟屋齡超過四十年，超破爛的房子孤伶伶地佇立在那裡。那就是藤江姑婆住的地方，聽說原本是我家的倉庫，祖父爲藤江姑婆改建成可以住人的房子。

芽衣子熟門熟路地用鑰匙打開了門鎖，打開了有點卡的拉門。採光不佳的房間有點陰涼，有一種像是灰塵味的懷念味道。

「今天早上在門口沒看到這個。」

芽衣子拿起放在鞋櫃上的黃色旗幟。「那是什麼？」我問。她回答說：

「是確認平安的旗幟，早上起床後，把旗幟插在門口，傍晚時再收進來，用來表示自己一切平安。住在這個城鎮的獨居老人都必須這麼做。」

「是喔，我以前都不知道。」

芽衣子今天早上沒有看到藤江姑婆家門口的黃色旗幟，於是就上門察看，發現藤江姑婆已經死了。

「之前藤江姑婆經常說，每天把旗幟拿進拿出很麻煩，但是最後還是發揮了作用。」

芽衣子輕輕搖了搖旗幟，小聲笑了起來，然後把旗幟放回原位，走進屋內。

我小時候曾經來過藤江姑婆家幾次，現在發現她家裡根本沒什麼東西，只有最低限度的家具和家電用品，也許是因為這個原因，原本是倉庫的兩房外加廚房的空間感覺很寬敞。

不知道原本是否作爲臥室，和室正中央有一床失去主人的被子，凌亂地放在那裡。

「啊啊，有人穿鞋子進來，地上都是腳印。」

芽衣子咂著嘴說道，然後俐落地折好被子，打開了落地窗。窗外可以看到藤江姑婆精心照顧的農田，長高的玉米葉在風中搖晃。我想靠近一點細看，榻榻米沉了下去，發出了可怕的聲音。我驚叫起來，芽衣子才對我說，有些地方爛掉了，要小心點。

「這棟房子到處都破破爛爛，浴室甚至還長了草，嘿哈哈。」

「沒什麼好笑的，妳說要整理，根本沒什麼東西需要整理啊。」

我沒有再繼續往裡走，打量周圍。是鄉下地方的季節變化比較早嗎，這裡已經是夏天了。蟬聲隨風飄了進來，質地變薄的窗簾被吹起，有什麼小東西被風吹了起來。撿起來一看，是一張小紙片，一摸就知道是報紙的碎片。仔細一看，發現垃圾就像灰塵一樣堆積在房間角落。八十多歲的老人視力變差，所以也無法把房子打掃乾淨。

「這裡有一個人的人生，怎麼可能沒什麼東西？」

芽衣子打開壁櫥，上下兩層的壁櫥內有幾個紙箱和塑膠盒。

「姊姊，廚房碗櫥的最下面有垃圾袋，妳去拿過來。」

芽衣子似乎很清楚哪裡放了什麼東西。我按照她的指示，把垃圾袋拿過去時，她已經打開了一個紙箱。

「是叫斷捨離嗎？她說了好幾次，要在死前完成斷捨離，但似乎沒什麼進度。」

報紙上刊登的食譜剪貼簿和編織的書，還有尚未完成的紫色毛衣、幾團毛線。用報紙做的幾個紙盒。芽衣子看著這些東西，似乎有點不知所措。她拿起一樣東西打量片刻後，又拿起另一個東西，然後歪著頭。

「芽衣子，妳在幹嘛？妳叫我拿垃圾袋過來，不是打算丟掉嗎？」

我拿起屋內的掃把打掃著房間，芽衣子聽了之後，低下頭吞吞吐吐地說：

「雖然是這樣……但是突然覺得丟掉別人留下的痕跡很可怕。」

「什麼？」

我停下手，看著芽衣子。芽衣子把玩著捲成圓球的毛線球說：「不知道是不是罪惡感，這下子慘了。」

「既然這樣，那就乾脆別整理了，反正媽媽或是其他人會來處理。」

「不，這可不行，藤江姑婆的遺物交給我處理。」

芽衣子語氣堅定地說，但是她甚至無法把毛線球丟進垃圾袋。

「如果妳覺得丟掉可惜，那就帶回家？」

「我不可能穿這種顏色的毛衣，而且我也不會織毛衣。」

「那就丟掉啊。」

芽衣子用力深呼吸後，發出「嘿喲」一聲，把毛線球塞進垃圾袋，然後又把織到一半的毛衣和其他毛線球也丟了進去，用肩膀用力嘆了一口氣。

「慘了，沒想到壓力這麼大。姊姊，妳不覺得丟掉別人的人生很痛苦嗎？」

「我覺得妳投入太多感情了。既然她交代妳處理，不妨就當作是工作處理。」

「呃，妳好冷漠，但是，嗯……妳說得對。」

啪。芽衣子用雙手拍著自己的臉頰，用力搖了搖頭，然後吆喝一聲「好！」開始把東西裝進垃圾袋。

不一會兒，垃圾袋就塞滿了，裝了幾個垃圾袋後，壁櫥內清爽多了。

「沒有欸。」

芽衣子清空最後一個塑膠箱後小聲嘀咕。我正在綁垃圾袋，納悶地問她：

「什麼意思？所以搞了半天，妳也在找藤江姑婆的過去，或是說秘密嗎？」

「沒錯，但是妳不要誤會，我和那兩個歐巴桑不一樣，並不是基於無恥的好奇心，而且藤江姑婆生前曾經交代我，『如果我突然死了，妳代替我清理掉我所有的人生』。」

「是喔。」

我忍不住驚訝地回應。

這應該算是遺言，但這種說法很奇特。我想起藤江姑婆從以前說話就有點與眾不同。啊，我想起來了，我一直很怕和她打交道。

在我周遭的大人中，藤江姑婆和別人很不一樣。這裡的大人都有強烈的自我主張，而且說話都很大聲，就連口口聲聲「以夫爲尊」的媽媽她們，也毫不客氣地把內心的不滿和怨氣寫在臉上，用盡各種方式達到自己的目的。

我從小就是缺乏熱情的小孩，和這些大人相處很順利。在他們面前，只要套上「小孩子」的外殼，他們就會心滿意足，完全不想了解我的內心世界，只要回答大人想聽的答案就好。只要扮演他們心目中理想的小孩，我就可以過太平日子。

但是，藤江姑婆不一樣。

「妹妹，妳怎麼想？」

「妹妹，妳想這麼做嗎？」

大人都叫我「小萌」，或是「山野家的大女兒（或是大孫女）」，就連學校的老師也叫我「山野」、「山野家的姊姊」，只有藤江姑婆客氣地叫我「妹妹」。對了，我並不喜歡別人叫我「妹妹」，因爲感覺好像奪走了「山野萌子」這個我與生俱來的框架，剝掉了「小孩子」的外殼，赤裸裸的我被人看光光了。而且藤江姑婆每次確認我的想法時，我就不得不回想自己的思考，總覺得她看穿、指出了我的想法有多天眞和膚淺，讓我渾身都不自在。

咦？

我突然有一種不太對勁的感覺，忍不住歪著頭。剛才回想起的內容，似乎並不是傷害我內心的事。

「姊姊，妳還記得嗎？我們還在讀小學的時候，藤江姑婆不是曾經在那裡燒篝火[10]嗎？」

芽衣子說，我回頭看向後方的玉米田，小聲應了一聲「喔喔」。我想起來了，那是我小學六年級的事。我和芽衣子在簷廊上玩，芽衣子發現外面冒著細細的煙。那是什麼？那裡不是藤江姑婆的家嗎？我們丟下正在玩的棋盤遊戲，跑去藤江姑婆家。

藤江姑婆正在自家後方的農田內燒篝火。因爲農田角落放著剛收成的洋蔥，所以應該是初春季節，照理說天氣並不冷，但她不停地把東西丟進篝火。

那時候，藤江姑婆差不多六十出頭，她的背還挺得很直。

10 在空曠的地方或野外架木柴燃燒的火堆。

「藤江姑婆，妳在幹什麼？」

芽衣子問。藤江姑婆注視著火焰回答說：「我在燒東西。不需要的東西全都燒掉。」她當時手上拿著一大疊照片和書信，照片中的藤江姑婆和身旁的幾個女人笑得很開心。

「爲什麼要燒掉？」

「因爲我昨天辭掉了那家公司，所以不需要了。」

丟進火中的笑容用力扭曲，然後熔化了。藤江姑婆茫然地注視著，把一張又一張照片丟進去。好幾張臉被火舌親吻後熔化，啊啊，對了，我看著那些被火吞噬的人入了迷，不知道看了多久，當我回過神時，發現芽衣子一臉快哭出來的表情，央求我趕快回家。「姊姊，我們回家吧。動畫重播的時間快到了。」

我雖然點了點頭，但雙眼仍然緊盯著藤江姑婆的手。

「芽衣子，妳先回去。」

我鬆開了芽衣子的手臂，向藤江姑婆伸出手。「我來幫忙。」藤江姑婆先是露出有點驚訝的表情，但立刻露出微笑，把一疊照片交給了我。那疊照片比我想像中更重。

我像藤江姑婆一樣，把一張照片丟進火中。照片飄落後，被火舌吞噬，扭動著失去了原本的形狀後燒了起來。曾經和藤江姑婆共度時光的人消失了。

那就像是某種儀式，我好像被火焰吸引般默默把照片丟進火中，然後猛然發現芽衣子不見了。我不停地把藤江姑婆的回憶丟進火中，直到手上沒有任何東西爲止。

「……芽衣子，藤江姑婆會不會有重啓症候群？」

我小聲嘀咕著問道，芽衣子瞥了我一眼。

「雖然我不知道這個名詞，但妳應該也有這種症候群吧？」

我驚訝地瞪大了眼睛，芽衣子輕輕笑了笑。

「妳從高中畢業之後，不是一直移居各地嗎？而且也很少回家，媽媽也隱約察覺到這件事，她有時候會說，她總覺得妳有一天會突然失去聯絡。」

我忍不住一驚。原來媽媽覺得我是這樣的人。

「媽媽是憑著身爲母親的直覺，雖然我很想說，我是憑著身爲妹妹的直覺，但其實是藤江姑婆之前曾對我說，妳和她一樣，所以我想起了篝火的事，然後就覺得很有道理。因爲那一天，妳臉上的表情和藤江姑婆一樣。」

我摸著臉頰，芽衣子嘆著氣說：

「眞好，姊姊，我很羨慕妳，我也希望可以有那種症候群。」

「爲什麼？」

我原本以爲芽衣子會責備我不關心家人，我注視著她，她撫摸著鼓起的垃圾袋說：

「我也想離開這裡，在完全陌生的土地上，重啓自己的人生。因爲我覺得只要在沒有人認識我的世界，就可以毫無顧慮地向前進。」

我更加驚訝了。芽衣子向來不是會說這種話的人，我不知道該對她說什麼，她輕輕笑了笑說：「姊姊，妳是不是覺得我做不到？妳說對了。」芽衣子輕輕笑了笑，她臉上的表情就像是以前挨了媽媽罵時，快哭出來的表情。

「我的確想去一個陌生的地方，也強烈想要離開，我希望能夠在其他地方重生，但是，我做不到，另一個自己阻止了我，叫我別做傻事。無論去哪裡，即使重啓了人生，我也無法拋棄過去。我無論去哪裡，都無法忘記過去，只能哭泣，更重要的是，我會害怕，舉目無親的地方太可怕了，絕對寂寞得想死。」

「是因爲剛才提到的婚外情的關係嗎？」

芽衣子聽了我的問題，低下了頭。

「如果妳不想說，不說也沒關係。」

「……要趕快整理。姊姊，妳可以把紙箱拆開嗎？」

我猜想芽衣子可能不想說，於是默默把幾個紙箱拆開，身上漸漸冒汗，我一邊做事，一邊擦了好幾次太陽穴流下的汗，芽衣子娓娓訴說起來。

「我一開始有點自暴自棄。那個人長得很好看，被帥哥邀約，我可能有點小得意，但是時間一久，我就動了真情，我相信他遲早會和太太離婚和我在一起，但這只是我的一廂情願。有一天，他太太突然來公司大吵大鬧，這件事就被公司的人知道了，沒想到他火速回到太太身邊，選擇和太太重修舊好，我只是被他玩弄了。」

芽衣子似乎慢慢消除了內心的抵抗，她無論抓起什麼東西，只是稍微看一眼，就都丟進垃圾袋。她邊丟邊繼續說下去。

「大家都說那個男人太過分了，爸爸很生氣，說他毀了我的人生，想要殺了他，媽媽哭著說，她覺得我很可憐，還叫我趕快忘了他，但是，我無法忘記他，甚至無法刪除他傳給我的電子郵件，而且還發現了他太太的社群網站帳號，正確地說，是我去找出來的，每天都會去看幾次，否則就會坐立難安。他太太的自我介紹超好笑，還『再次成爲恩愛夫妻的日記』勒，看了超噁心。」

芽衣子告訴我，那個男人的太太會把所有事都鉅細靡遺地寫在網路上，說自己目前正在懷孕，紀念日時，夫妻兩人會去吃大餐，還說什麼雖然曾經經歷痛苦，但是他們的感情很牢固，是能夠共同走過困難，追求幸福的夫妻——芽衣子可能看了很多次，所以能夠一字一句說出內容，最後她發出乾笑聲說：

「最噁心的就是我，甚至把內容背了下來，我的腦筋眞的有問題。」

「……對方有聯絡妳嗎？」

「完全沒有，分手的時候，寫了一封莫名其妙的電子郵件，說什麼這段時間以來謝謝妳，然後就完全沒消沒息。」

芽衣子從短褲口袋裡拿出手機，一臉哀傷地看著漆黑的螢幕，然後又放回了口袋。

「藤江姑婆是能夠重啓人生的人，她能夠丟掉以前和別人交友的痕跡。既然有人宣告她失蹤，不是代表曾經有人找她嗎？她有想要找她的人，也有以前生活過的地方，但是她全都丟光光了。她被當成已經死了，是三十八年對吧？

她連戶籍都拋棄了，眞是太猛了，她甚至消除了自己的存在。」

藤江姑婆捨棄了一切，無法得知她爲什麼會來到這裡，然後在這裡住了下來。

「我說我忘不了那個男人，感到很痛苦，藤江姑婆笑著說，一旦覺得痛苦，就是該丟掉的時候。即使感到寂寞，只要忘記，就可以變輕鬆了，於是就可以繼續過日子。雖然我覺得藤江姑婆說得很有道理，但是我就是放不下。明明這麼痛苦，明明知道這樣下去不行，但我絕對無法忍受放下之後的空虛寂寞。即使逃到天涯海角，我覺得自己仍然會看社群網站，然後難過流淚，所以只能很沒出息地留在這裡。我知道這是根本無法改變的過去，但我從被拋棄的那時候開始，就在原地踏步。我也很想成爲可以拋下一切的女人。」

芽衣子可能終於忍不住了，一滴眼淚從她的眼角流了下來。我看著她靜靜擦拭眼淚的樣子，輕輕摸著胸口。我爲什麼必須在這個時間點聽這些事？藤江姑婆對芽衣子說的話，就像水一樣滲入我的身體，簡直就像是從我嘴裡說出的話。

沒錯，很痛苦，接下來會更痛苦。一旦有這種感覺，就是該分手的時刻。與其對喜歡的人或是喜歡的地方產生執著，爲這種執著感到痛苦，還不如轉身離開。我想要無牽無掛一身輕，藤江姑婆應該和我有完全相同的感覺。

芽衣子的眼淚讓我想起了海斗的處境，深深刺進我的心。他很愛我，想和我一起生活下去。

昨天晚上，海斗向我求婚。他遞上一個珠寶盒對我說：「我們結婚吧。」一珠寶盒裡裝了我的生日石，也是我喜歡的火蛋白石裸石。他說希望和我共度餘生，如果我答應，明天就去用那塊火蛋白石訂製珠寶，設計成我喜歡的款式，讓我可以隨時戴在身上。

大顆的裸石在燈光下閃著光芒，海斗在寶石後方露出害羞的表情，卻用充滿熱情的眼神看著我。實在太耀眼，我忍不住暈眩。至今爲止，從來不曾有人這麼愛過我。

我感到幸福，覺得應該結束以前那種好像浮萍般的生活。只要留在這裡，我一定能夠過幸福的生活。

但是，我離開了海斗的家，好像逃跑似的離開了。

芽衣子吸了吸鼻子，繼續說了下去。

「藤江姑婆就連死的時候，都說可以丟掉她所有的一切，我很想知道她走過了什麼樣的人生。雖然藤江姑婆丟棄了一切，但也許留下了一件東西，也許和某一個人保持聯繫，也許有什麼她細心呵護的東西。我很想知道，如果我知道，或許可以從這裡走出去。」

芽衣子已經把壁櫥的上層清理乾淨，開始整理下層。她確認了原本裝仙貝的罐頭和紙袋內的東西，然後丟進了垃圾袋。

藤江姑婆最後留下的東西。眞的有這種東西嗎？可以丟掉所有一切的人，怎麼可能有捨不得丟的東西。

「……可能無法找到。既然能夠丟掉所有的一切，不就代表是冷漠無情的人嗎？是以自我爲中心的人，即使丟掉的行爲會傷害到別人也無所謂。」

沒錯，就是這樣。我這麼告訴自己。如果藤江姑婆是和我一樣的人，一定會把別人的愛和回憶全都丟掉。

「……才不是這樣，我覺得藤江姑婆只是知道和自己相處的方式。」

芽衣子搖了搖頭，「並不是像我這樣，被過去困住而無法自拔就是很有感情的人，並不是只有依依不捨地放不下才是眞心。」

「是嗎？我覺得她是冷漠的人，因爲她可以把照片就那樣輕易燒掉。」

「姊姊，妳認眞回想一下，當時藤江姑婆的手在發抖。」

「啊？」我忍不住輕輕叫了一聲。我不記得這件事，只記得照片在火舌中熔化燒起來這件事。

「如果她眞的冷酷無情，不可能那麼麻煩，把所有照片都集中在一起燒掉，只要像現在這樣，裝進垃圾袋丟掉就好了。藤江姑婆用顫抖的手一張一張燒掉，每燒掉一張照片，她看起來就很痛苦，好像在接受懲罰，我覺得她很可憐，所以才會感到害怕。」

「怎麼會……是這樣嗎？但是……」

「藤江姑婆曾經對我說，要用自己的雙腳走在人生路上，就必須丟掉自己扛不動的東西。與其因爲背負太多東西而無法動彈，還不如輕裝上陣。有些人只能用這種方式生存。」

我看到的風景和芽衣子看到的風景不一樣，難道是因爲我爲可以拋開一切感到安心，而芽衣子爲無法放手感到嘆息所造成的差異嗎？

我怔怔地在記憶中翻找時，芽衣子把壁櫥的下層也清空了。她移動到三斗櫃前，打開了最上層。抽屜內是整齊的衣物，散發出一股樟腦的味道。芽衣子把那些衣物也塞進了垃圾袋。

「啊，在入殮之前，不是要讓藤江姑婆穿上她喜歡的衣服嗎？這裡舉辦葬禮時，大家不是都這麼做嗎？」

「她之前就已經交代我，她死的時候要穿哪一件衣服，夏天的時候要穿紫藤色的兩件式洋裝。」

明明是要丟掉的東西，芽衣子仍然小心翼翼地放進垃圾袋。我漸漸了解藤江姑婆為什麼請她處理身後事。芽衣子善良體貼，她努力想要了解藤江姑婆的痛苦。正因為她是這種個性，藤江姑婆才會交代她處理一切，而且藤江姑婆可能想要讓芽衣子看到自己所留下的一切。我不由得想到了這些事。

芽衣子把這個房間內所有的東西都裝進了垃圾袋後，用力吐了一口氣，擦了擦太陽穴的汗水。雖然風從窗戶吹了進來，但仍然無法抵擋氣溫的上升。房間內沒有冷氣，所以格外悶熱，我也汗流浹背，襯衫都黏在身上。

「要不要我去家裡拿冷飲過來喝？」

「冰箱裡有冰好的茶，我們來喝吧。」

芽衣子很自然地說，然後輕輕笑了笑說：「等我一下。」走去了廚房。她當啃老族的兩年期間，一定有很多時間都和藤江姑婆在一起，也一定來過這棟房子無數次。

打開冰箱，冰箱內整理得很乾淨。正確地說，是冰箱裡沒什麼東西。包上保鮮膜的小碗內是吃剩的菜，還有裝了醬菜的保鮮盒、裝酸梅的瓶子和幾顆雞蛋，可以發現藤江姑婆生活儉樸。冰箱門的收納空間內有一個裝了麥茶的水壺，我拿了出來，然後從碗櫃裡拿出兩個杯子，倒滿了麥茶。

「讓妳久等了。」

芽衣子正在原本可能作爲客廳使用的另一個和室內，和室內有一張褪色的矮桌和電視，還有兩張和室椅。有玻璃拉門的矮櫃上放了三個木芥子人偶，芽衣子把矮櫃裡的東西拿出來，裝進剛才的仙貝盒子裡。

「這個不丟掉嗎？」

「存摺不可以丟吧？她的證明之類的東西，大部分都是爺爺和爸爸的名字，既然被當成死亡，應該沒辦法申請任何東西。」

我把杯子交給芽衣子，她咕嚕咕嚕喝完了。我也喝了麥茶潤喉，冰涼的麥茶似乎瞬間降低了體溫。

「不知道她去醫院看病時怎麼辦。」

「應該沒辦法看病。雖然她之前說，她唯一的優點就是身體很好，但現在想起來，也許並不是這樣。」

藤江姑婆的生活應該很不方便，而且應該很痛苦。我現在終於知道，她的駝背持續惡化，而且上了年紀之後仍然持續工作都是迫於生活的無奈，難道她沒有想過要回去她家人所在的北海道嗎？

「對了，剛才爸爸和伯父說，藤江姑婆是爺爺的情婦。」

「啊啊，我就是想和妳說這件事。我覺得應該不是這麼回事，爺爺人很好，是那種只要別人拜託，就無法拒絕的個性，不是嗎？」

聽了芽衣子的話，我忍不住點頭。只要我們姊妹撒嬌，祖父會答應我們任何任性的要求，對外人也一樣。好幾次別人哀求他，說只能請他幫忙，然後向他借錢，他就借給了別人，我爸媽每次都會罵他。雖然不知道藤江姑婆和他之間到底是什麼狀況，但不能排除藤江姑婆拜託他照顧，他也就點頭答應的可能性。

「只不過這件事也很難說，搞不好他們之間曾經有過轟轟烈烈的戀愛，甚至可以拍成電視劇。」

芽衣子呵呵笑了起來，我也跟著笑了。雖然他們兩個人和這樣的字眼完全扯不上關係，但如果論可能性，的確不能完全排除。

「父母的戀愛就已經很難想像了，要想像祖父母那一代的戀愛是更大的考驗。」

「是啊，大腦完全無法處理爺爺對藤江姑婆甜言蜜語的狀況。」

我們各喝了兩杯麥茶，又繼續開始工作。我把垃圾袋和拆開的紙箱搬去門口時，想著藤江姑婆的事。

眞希望能夠在她生前和她聊一聊。

如果現在可以和她聊天，我應該會問她很多問題。我想和她聊很多事，同時希望了解她的想法。

「妹妹，妳怎麼想？」

「妹妹，妳想這麼做嗎？」

小時候，她經常問我這兩個問題。當時我理所當然地相信自己必須活在框架中，對於暴露眞實的自己感到恐懼，但是我現在知道，她把我視爲一個人，而且把我視爲獨立的人。

啊啊，我好想問她。「妳怎麼想？」我相信問了她之後，我就能夠思考自己的未來，知道自己到底想要什麼。

「啊啊！」

芽衣子大聲叫了起來。我不知道發生了什麼狀況，走回房間時，她拿著一本舊素描本說：

「就是這個！姊姊，就是這個，這就是藤江姑婆留下的東西。」

「什麼意思？妳怎麼知道？」

「怎麼可能不知道？因爲這個就貼在上面啊。」

芽衣子把一張紙遞到我面前，那是一張普通的橫線便條紙，上面用有點扭曲無力的字寫著「給芽衣子」。

「素描本？她的興趣是畫畫嗎？太意外了。」

我看向芽衣子，她正翻開素描本，目不轉睛地盯著看。

上面到底畫了什麼？我探頭一看，忍不住倒吸了一口氣。

那是一幅小孩子在一片連綿的山脈前歡笑的畫。

「這是什麼？是藤江姑婆的撕紙拼貼畫？很樸實可愛啊。」

我仔細一看，發現是用撕成小片的報紙拼貼的畫，利用了報紙的黑色、白色和彩色的部分進行拼貼。

「這裡可能是藤江姑婆的故鄉。」

芽衣子端詳很久後，喃喃地說。那裡是不是雪山？看起來好像故意使用了很多白色，小孩子身上的衣服好像也是棉背心。

她又翻開第二頁。鳥兒不知道從大海還是河流的水面起飛，大手和小手指著飛起的鳥。小手使用了淡桃色，不難想像是小孩子胖嘟嘟的手。

還有男人和幼童睡在一起的樣子、幾個女人張嘴笑開懷的樣子、大人和小孩走進向晚街道的身影，以及一片白雪皚皚的街道……

這些必定都是藤江姑婆的記憶。那是她珍惜的、無法拋棄的回憶景象。她沒有照片，用這種方式留下了無論如何都無法捨棄的記憶。

「每一幅都拼貼得很精巧，而且也很厚實，想必她一直重複貼了很多次。」

芽衣子摸著素描本說。將撕成小片的紙拼貼起來必定需要漫長的時間和強大的毅力，她不知道花了多少時間才完成這本素描本。我想像著駝背的年邁老婦專心致志地貼紙的身影，就像在撿拾經過篩選的記憶。當她看著完成的畫，不知道露出了什麼樣的表情。我茫然地想著這些事，聽到芽衣子用力嘆息的聲

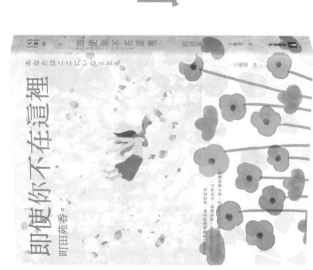

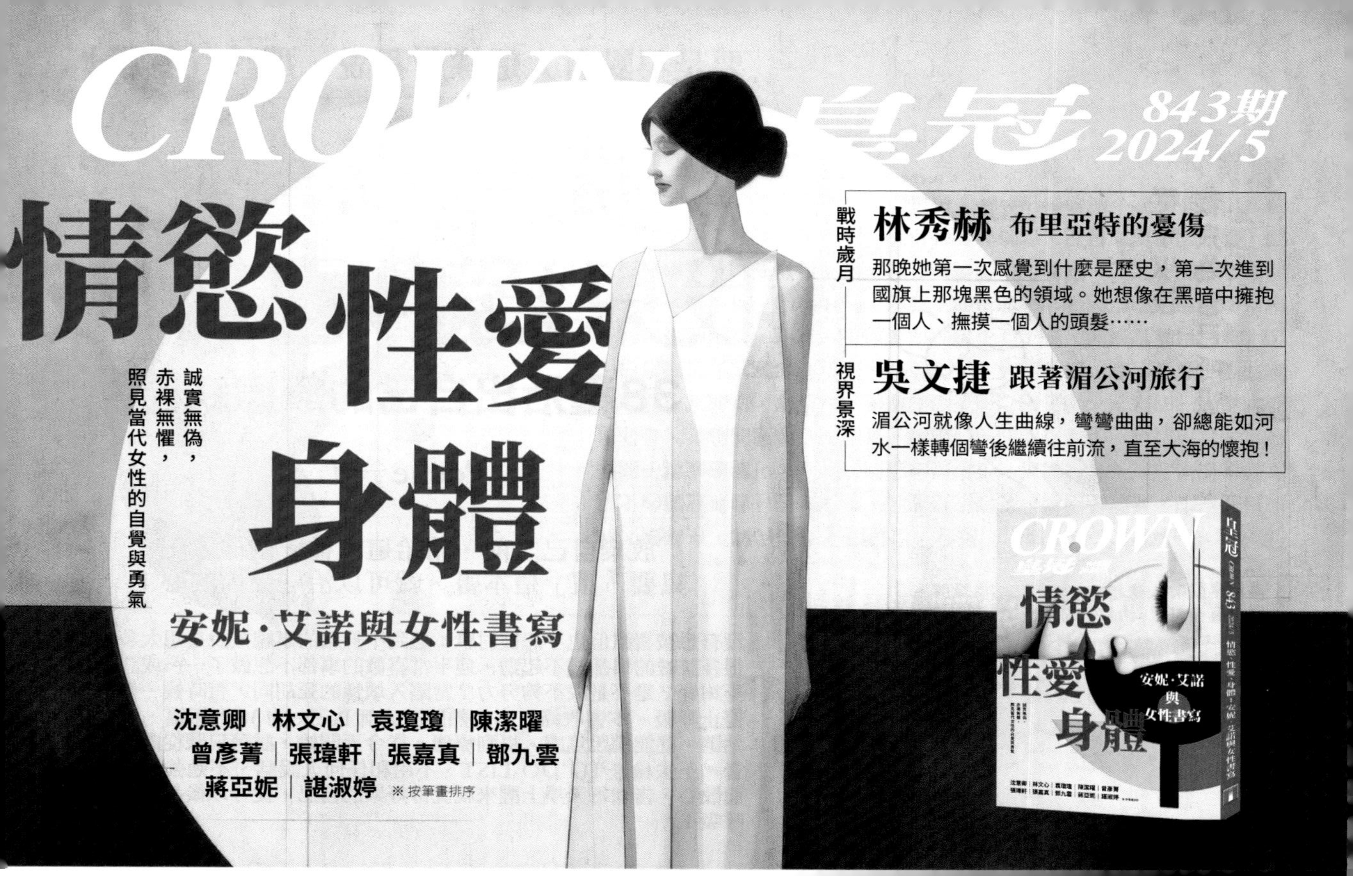
CROWN 皇冠
843期
2024/5
情慾 性愛 身體
誠實無偽，
赤裸無懼，
照見當代女性的自覺與勇氣
安妮·艾諾與女性書寫
沈意卿｜林文心｜袁瓊瓊｜陳潔曜
曾彥菁｜張瑋軒｜張嘉真｜鄧九雲
蔣亞妮｜諶淑婷 ※按筆畫排序
戰時歲月
林秀赫 布里亞特的憂傷
那晚她第一次感覺到什麼是歷史，第一次進到國旗上那塊黑色的領域。她想像在黑暗中擁抱一個人、撫摸一個人的頭髮……
視界景深
吳文捷 跟著湄公河旅行
湄公河就像人生曲線，彎彎曲曲，卻總能如河水一樣轉個彎後繼續往前流，直至大海的懷抱！

音，才終於回過神。

「這是她想丟也丟不掉的東西。我仔細想了一下，發現我和他之間並沒有想要好好珍惜的回憶。照理說應該有，但是沾滿了嫉妒和執著，結果就消失不見了，我現在完全想不起來了。」

芽衣子落寞地笑了笑。「當初死抓著不放，但現在只能回想起他老婆在社群網站上發文的內容，簡直太可笑了。我也太窩囊了。」雖然她說話的語氣和剛才一樣，好像快哭出來了，但同時有一種舒暢的感覺。

芽衣子緩緩翻著素描本，素描本上有各種不同的風景，畫中的人都露出了柔和的笑容。

「啊！」

芽衣子停下了手。我探頭一看，是一幅未完成的畫，畫中有一個女人拿著玉米，露出滿面笑容。雖然只貼了三分之一，但我一眼就看出那是誰。

「芽衣子，這是妳吧？」

「妳也這麼覺得嗎？」

門牙稍微有點突出，和笑起來眼睛瞇成一條線的樣子，完全就是芽衣子的寫照。那是芽衣子以前無憂無慮的笑容。

「完全抓到了妳的特徵。」

「啊？我笑起來這麼傻嗎？」

雖然芽衣子嘟起了臉，但隨即放鬆了表情。

「原來藤江姑婆也很珍惜和我相處的時光，太高興了。」

芽衣子仔細打量後，合起了素描本放在腿上。

「妳打算怎麼處理？」我問她。

「當然要好好保管，藤江姑婆把她最重要的紀錄交給了我。」

「……是啊。眞好。」

我覺得藤江姑婆也一定會感到欣慰。

「太好了。」沉默片刻後，芽衣子幽幽地說。「藤江姑婆留了這個給我，眞是太好了，我覺得她留給我這麼幸福的記憶，對我是莫大的救贖。無論捨棄再多，幸福的記憶不會消失，我也希望帶著能夠一直留在心裡的幸福景象，走向未來的人生。」

芽衣子注視著封面，我決定讓她靜一靜，於是就走去廚房，想再倒一杯茶來喝。在準備的時候，不由得回想起自己的過去。第一次實習時，遇到的一位頑固的糖尿病爺爺。在發誓要一輩子從事護理工作的加冠儀式上，我旁邊的同學熱淚盈眶。和第二個男朋友去嚴島玩的時候，曾經和鹿一起玩。和在朝來市認識的同事一起展開了一場拜訪神社守護獸狛犬之旅。和海斗只交往了一年，卻有數不清的回憶。

啊啊，這些寶貴的回憶都留在我內心。

我以後會過什麼樣的生活？像藤江姑婆一樣，找到一個安居之處，獨自靜靜地生活嗎？然後把自己深藏在心底的回憶交給別人，靜靜地離開這個世界？還是……？

涙水不知不覺地流了下來。我不知道自己為什麼流涙，用力擦去涙水後，倒了茶，走向芽衣子。

芽衣子正在將剩下的東西裝進袋子。我覺得她的表情似乎比剛才開朗了。

我把茶杯遞給她，她滿足地喝完後說：

「姊姊，我們趕快來收尾，我們已經收拾了很長時間，兩個歐巴桑可能已經發現我們溜出了家門，而且應該已經決定葬禮的會場了。」

「是啊。」

我看向矮桌，素描本就放在上面。我看著素描本問：

「芽衣子，如果妳覺得這個很礙事，會怎麼處理？會丟掉嗎？」

「啊？」

「妳以後可能會不知道該怎麼處理這本素描本，不是有可能覺得別人的回憶很煩嗎？」

芽衣子停下手，納悶地看了看我，又看著素描本，然後用理所當然的語氣說：

「不會丟啊，也許物理上可能會丟，但不可能會眞正丟棄。怎麼可能丟棄一直很珍惜，想要一輩子帶在身上的東西？只會在自己內心變成不同的形式，以自己能夠接受的方式繼續存在。我們不是才剛學到這一課嗎？嘿哈哈。」芽衣子笑了起來。

「有道理。」我也跟著笑了起來。

✦

最後，在公民館爲藤江姑婆舉辦了守靈夜和葬禮，也許是因爲媽媽他們徹底下了封口令，所以藤江姑婆眞實身分的消息並沒有走漏，大家仍然以爲她是祖父的表妹。

「累死了，這次眞的累壞了。」

在火葬場等待火化時。我和芽衣子坐在一起喝果汁。原本以爲已經很習慣協助處理葬禮的相關事宜，沒想到離家四年，很多事情都變了樣，再加上這次情況特殊，所以費了不少心，還多次去公所辦理相關手續，所以這次的疲勞非比尋常。

「沒想到藤江姑婆竟然有兒子。」

芽衣子把玩著寶特瓶嘀咕道。在辦理手續的過程中，發現藤江姑婆有一個六十三歲的兒子，因爲有聯絡方式，於是就打電話給對方，對方的太太接了電話。她說她的丈夫失智後，目前住在安養院內，即使現在得知在丈夫小時候就下落不明、宣告死亡的親生母親死了，她也不知道如何是好。雖然媽媽和伯母很生氣地認爲藤江姑婆的媳婦很冷酷，但我覺得這也無可奈何。對她來說，從來不曾見過的婆婆的生死，根本是困擾的禍源。

「那幅畫上的小孩子一定就是她兒子。」

「不知道是因爲什麼緣故，她才會拋下兒子。」

事到如今，已經無從得知了。我坐在那裡發呆，芽衣子突然說：「我想去北海道一趟，我看了藤江姑婆的畫之後，想要去那裡看看。」

「這樣啊，不錯，那我也一起去吧。」

那幅畫中有某些東西讓人想要去那裡看一看，想要親眼看一看她曾經看過，而且深植在心的風景。

「啊？眞的嗎？」芽衣子語氣開朗地問。「我們姊妹從來沒有一起去旅行過吧？那要來規劃一下。」

「既然這樣，妳就要去找工作。啃老族去北海道旅行也太奢侈了。」

「我當然會去工作，我原本就打算明天去職業介紹所。」

芽衣子嘟起了嘴。

「萌子，大家都說想喝冰綠茶，妳去外面的自動販賣機買寶特瓶裝的茶，總共買五瓶。」

媽媽從家屬休息室探頭說道。

「好，好。」我站了起來。

「姊姊，要不要陪妳一起去？」

「不用了，我馬上回來。」

我拿起皮包走了出去。位在深山的火葬場內，蟬聲繚繞。抬頭仰望的藍天角落，積雨雲正在膨脹。我覺得刺眼，瞇起了眼睛。

我心血來潮地從皮包中拿出手機，想了一下，打開了LINE，解除了原本封鎖的海斗。

「前幾天對不起，我只要想到要和別人相處一輩子，就覺得很可怕，所以我逃走了。」

我把訊息傳了出去。海斗沒有已讀。可能在工作，可能他也把我封鎖了。

「以後該怎麼生活下去？我想好好思考這個問題，謝謝你帶給我思考的契機。」

看到藤江姑婆的畫時，我想起了她駝背的身影。雖然芽衣子說那是幸福的記憶，但我感到有點悲哀。因爲我從她努力蒐集自己親手丟棄的東西，然後重新拼湊的身影中，看到了自己，覺得實在太空虛了。用撕碎的報紙重新拼出自己放棄的東西，然後時時端詳，到底有什麼樣的幸福？

我當然不可能知道藤江姑婆的想法，她可能會微笑著說很幸福，但我認爲那並不是我所期望的未來的答案。

訊息旁出現了已讀兩個字。不一會兒，就收到了他的訊息。

「我想等妳。」

油蟬大聲叫著。轉頭一看，有兩隻蟬趴在旁邊那棵樹上。兩隻蟬大叫的聲音交織在一起，響徹耳畔。我盯著牠們，其中一隻飛走了，邊叫著邊離開了。

我無法回覆海斗的訊息。我把手機放進皮包，跑向自動販賣機，邊跑邊想著，北海道夏日的天空應該一片蔚藍，我想像著我們姊妹兩人在清澈的藍天下旅行的畫面。

黑洞

八百清的肇老闆總是叫我「千代」。那不是我的名字，是我奶奶的名字。之前和老闆閒聊時，他無意中發現我奶奶和肇老闆去世的母親同名，那天之後，他就叫我「千代」。

「千代，妳爲什麼買這麼多栗子？」

星期六傍晚，我向他買了兩大籃新鮮栗子時，他納悶地問我。

「妳不是一個人住嗎？難道打算每天煮栗子飯嗎？」

「不，不是，我打算做栗子澀皮煮。」

我遞上錢的同時，接過鼓鼓的塑膠袋，然後又說了一次。

「我明天要做栗子澀皮煮，那是千代奶奶親自傳授的栗子澀皮煮。」

他轉動著像蜆仔般的小眼睛，然後笑了起來。

「喔喔，好棒啊。那很好吃，眞不愧是千代奶奶，連這個都會傳授給孫女。」

「如果成功的話，我會帶一點來分你。」

「哇，太高興了，那我就多給妳一些栗子。」

於是，我就帶著比剛才更鼓的袋子回到了公寓。

從車站商店街走路差不多二十分鐘左右的套房雖然很小，但住起來很舒服。

我的房間在三樓，有一扇朝南的大落地窗，還有兩坪左右的陽台。窗戶的風景並不佳。公寓後方是墓園，墓碑林立，但也因爲這個原因，所以房租很便宜。雖然有時候會飄來法事誦經聲音，但平時和噪音完全無緣，居住環境很好。

我回到家中，立刻拿出家裡最大的琺瑯鍋裝了水，把剛買回家的栗子放進鍋內，要浸泡一整晚，才能讓硬殼變軟。然後，我用高麗菜和香腸做了大蒜橄欖油義大利麵，用筷子吃義大利麵時，拿起手機傳了訊息。

「我明天要爲尊夫人做澀皮煮，你晚上過來拿。」

我故意提到「尊夫人」這三個字。妳完全可以這麼做，另一個自己這麼說。因爲他提出要我爲他太太做栗子澀皮煮這種厚臉皮的要求，我答應了他，而且我是他外遇的對象，即使我這麼說，也不算是諷刺。

我呼嚕呼嚕吸著義大利麵，咬著煮得太熟、失去了清脆口感的高麗菜。洗好碗，鑽進被子時，才終於收到了回覆。

「我晚上七點過去。麻煩妳了。」

這種好像在交代公事的內容，根本不需要已讀。我這麼想著，閉上了眼睛。

隔天是晴朗的好天氣。

我很不喜歡星期天早上是晴天，因爲內心會很慌張，覺得必須趕快出門去做點什麼。我對用力鑽進窗簾縫隙的陽光感到厭煩，但還是下了床，一鼓作氣拉開了窗簾，低頭看著和平時一樣擠在一起的墓碑。不知道是否正值秋分的掃墓季節，看到很多墳墓前放著菊花。

「美鈴，今天就來做千代親授的澀皮煮。」

我模仿獨自住在北九州的奶奶千代的語氣，慢呑呑地完成了早上的漱洗工作，然後泡了喜歡的獅王咖啡，吃了之前買的馬芬蛋糕作爲早餐。

做澀皮煮最麻煩的，就是第一個步驟的剝硬殼。剝下堅硬的外殼很吃力，而且必須避免傷到內側的澀皮，用刀子剝除硬殼時不可以太用力。

我把報紙鋪在落地窗前，把裝了栗子的琺瑯鍋、瀝水籃，裝了水的料理缽和刀子排放在報紙上。我盤腿坐在落地窗前，拿起浸泡在水裡的栗子，用刀子慢慢把硬殼削下來。

八百清的商品都很新鮮，葉菜類都堅挺飽滿，根菜類都很重，水果很甜，我在那裡買菜從來沒有踩過雷。昨天買的栗子品質也很好，每一顆都滾圓飽滿，外殼薄而柔軟。泡水之後，品質不佳的栗子就會浮起來，這次完全沒有一顆浮起。肇老闆挑選商品果然很有眼力。

只要稍微用力，就可以剝下泡了水的外殼。只要劃一刀後，再稍微一拉，外殼就剝掉了。我的身體前傾，不時哼著喜歡的歌手新推出的歌曲，不停地剝著栗子殼。我打開落地窗，和煦的秋風隔著紗窗吹了進來。垂下的頭髮被風吹得飄來飄去很礙事，我找了一根黑色橡皮筋，把頭髮綁在腦後，然後用髮夾夾住了劉海。

只剩下澀皮的栗子一個又一個放進了料理缽，瀝水籃內薄薄的外殼越來越多。剝了差不多一半時，我吐了一口氣，停下了手。手指因爲長時間碰水的關係，皮都皺了起來，棕色的碎渣卡進了指甲縫，大拇指上不知道什麼時候刮出了幾道刀痕，薄薄的皮翹了起來，指尖隱隱作痛。

我用力伸著懶腰，放鬆緊繃的身體，腰的附近發出了喀嘰喀嘰的聲音。

「唉，我到底在幹嘛？」

我用已經稱不上是自言自語的聲音說道。年近三十，已經不年輕的女人在這種大好天氣的星期天，隨便綁起頭髮，窩在家裡勤快地剝栗子殼，而且是爲了自己喜歡的人的太太做這種事。我到底在幹嘛？不是有其他更有意義、更有建設性的事嗎？

「美鈴，妳之前不是帶了栗子澀皮煮去公司嗎？」

幾天前，和眞淵匆匆上完床後，他這麼問我。工作忙碌的他終於抽出時間和我見面，即使只有短暫的片刻，我仍然很高興。我就像蟬一樣黏在他流著汗的身上。

「對啊，我做過。你還記得喔，但那時候我們還不是目前這種關係。」

我用個人史上最可愛的聲音回答。我太高興了。

那是我進公司隔年的事。奶奶寄了大量新鮮的栗子給我，我不知道該如何處理，最後全都做了澀皮煮，帶去公司分給同事。我從小就會幫忙奶奶一起處理栗子，栗子澀皮煮也是我拿手的料理，所以我對成果很有自信，而且也的確受到好評。裝在瓶子裡的澀皮煮很快就被大家分掉了，那時候只是我上司的眞淵也帶了一瓶回家。沒想到他還記得這件小事。

「妳可以爲我做那道澀皮煮嗎？現在不是栗子盛產的季節嗎？」

「可以啊，但是爲什麼？你不是不喜歡吃甜的嗎？」

他聽到我這麼問，沉默了片刻——現在回想起來，很想質問他，爲什麼沒有在回答之前多猶豫一下？神經也未免太大條了——然後有點難以啓齒地開了口。

「我老婆一直吵著想吃，雖然爲她買了許多不同店家的澀皮煮，但她一直不滿意，說有些加了太多洋酒，有些加了香料，都完全不想吃，已經試過所有能夠想到的店家了，但是都不行，結果她說想吃妳之前做的，她說非常好吃，吵著非吃不可。」

我不禁感到愕然。我和他的關係已經持續了五年，在這五年期間，他在我面前絕口不提太太的事，努力避免自己身上散發出家庭的味道，好像這是天經地義的禮儀，但爲什麼現在放棄了這個原則？

「我之前聽說你太太很會煮菜，爲什麼要找我做？」

我語氣生硬地回答，希望他可以察覺我的不愉快，但是他對我說：「我太太說妳做的比她做的更好吃，她那個人，一旦開了口，不達目的絕不罷休，所以眞的很不好意思，可以拜託妳幫這個忙嗎？我知道我拜託妳這件事會讓妳不高興，對不起。」

他緊緊抱著我，把臉埋在我的肩上。我感覺到自己血液的溫度驟然下降。

他今天特地抽空和我見面，就是爲了這個目的。最近這半年來，他對我很冷淡，原來突然約我今天見面事出有因。我很氣爲此感到高興的自己，眞是一個招之即來，揮之即去的笨女人。

最後，我還是答應了他的拜託。我爲他做栗子澀皮煮，他帶我去旅行。兩天一夜的溫泉旅行不是很棒嗎？而且只要再加上要求他自己來我家拿栗子的條件，馬上又可以再見到他。雖然有點不爽，但也有好處。我當時這麼想。

但是，時間慢慢過去，我越想越覺得空虛，覺得當時沒有生氣拒絕的自己很沒出息。

我拿起刀子和栗子，繼續剝栗子皮，然後輕輕嘆了一口氣。用這種東西換來的任何東西，都只是短暫的幸福。我花時間做了澀皮煮，即使他因此和我上床，我也不可能高興。上一次和他一起在外住宿，已經是多久之前的事了？那次他去出差，我獨自在飯店苦等他回來。他說要和客戶一起吃飯，結果到半夜十二點之後，滿身酒氣地終於回來了，一進門就在廁所門口吐了。在我清理期間，他已經在雙人床上躺成了大字，在天快亮時才終於醒來，抽插了五分鐘就結束了，然後繼續倒頭大睡。那種旅行，不去也罷。

其實我應該和他分手。他跨越了那條紅線並不是爲了和我踏出新的一步，而是完全不把我放在眼裡，覺得即使他做這種事，我也會原諒他，我在他心目中越來越沒有價值。

所以，我不應該答應，而是要向他提出分手，避免繼續貶低自己的價值。我目前該做的事，就是拿起手機，向他提出分手。雖然我知道這個道理，但手仍然沒有停下來，笨女人的身體也很笨。不不不，不是這樣，因為把買來的這些栗子丟掉太可惜了，而且我也答應肇老闆，要和他分享，他還爲此多送了我一些栗子。我自言自語著，繼續剝栗子皮。

我突然停下了手。因爲我在栗子上看到不到一毫米、被蟲蛀的痕跡。我剝掉一小片外殼後，發現澀皮周圍有點黑，還有一個小洞。被蟲咬過的栗子通常會浮在水面上。

「被蟲咬過的栗子要丟掉，煮了也不能吃。」

我想起奶奶的話，正準備丟掉，但停下了手。我仔細打量後，發現黑洞好像穿進栗子深處。小小的黑洞。蟲子還在裡面嗎？還是泡了一整晚的水之後已經死了？不，水無法滲進黑洞深處，搞不好蟲子還活著。我注視著黑洞，想著可能還留在洞內的小蟲，然後我把外殼剝乾淨，把那顆栗子放進料理缽。栗子發出噗答一聲，沉入了栗子堆。

剝完所有栗子的外殼後，就進入去澀味的作業。把栗子放進琺瑯鍋，加水淹沒栗子，加入小蘇打，用中火煮。

小氣泡沿著鍋子的白色內緣緩緩冒起，我看著整鍋栗子，仔細清洗已經變成褐色的指尖。

我從冰箱裡拿出一罐冰得很透的瓶裝啤酒。綠寶石色的瓶子很可愛，是我很愛的啤酒，隨時放在冰箱裡待命。我用紅色開瓶器打開啤酒瓶，直接拿起瓶子喝了起來。沒有奇怪味道、口感柔順的液體流入喉嚨。星期天上午就喝酒好像很傷風敗俗，我喜歡這種妙不可言的感覺。好像在做壞事，但又有種舒暢的感覺。我想起以前蹺課時的心情。我從冰箱裡拿出快乾掉的起司和義式臘腸放進嘴裡，然後用啤酒吞下了恰到好處的鹽分。外面傳來高亢的聲音，我拿著啤酒瓶來到陽台上，往下一看，有一家人來掃墓。兩個看起來像在讀幼兒園的小孩在狹窄的通道上奔跑，被他們的媽媽罵了一頓。

我記得眞淵有一個女兒，但我不知道他女兒的年紀。聽說快四十歲的眞淵很早就結了婚，他的女兒可能比樓下那兩個孩子更大。

他女兒也會吃我做的澀皮煮嗎？

我靠在陽台的欄杆上，喝著啤酒，看著那一家人。他們供了花，上了香之後就離開了。兩個小孩子又跑了起來，他們的媽媽又大聲斥責他們。媽媽，等一下要去哪裡吃飯？如果你們再不聽話，就回家吃茶泡飯。啊，我不要。我聽著他們漸漸遠去的聲音，看著線香的煙融化在空氣中。線香的味道稍微飄進了我的鼻子，緬懷故人、粉味很重的煙味有點像奶奶家的味道。

喝了半瓶酒時，我聽到了咕嘟咕嘟的聲音，便走回了廚房。鍋子裡的水快沸騰了，我立刻關了小火，向鍋內張望，鍋中的水因為小蘇打和澀味成分結合，變成了黑色液體。深棕色的泡沫在表面形成了一層膜，看不到下面的栗子。簡直就是巫婆料理。我小聲說。小時候看到鍋子裡的東西變成了黑色，覺得就像是童話故事中壞巫婆的料理，是用惡意燉煮，想要殺死公主的可怕巫婆料理。

美鈴，這個形容太妙了。「澀味」的發音和「壞東西」一樣[11]，這些帶有澀味成分的浮渣裡都是壞東西，如果用浮渣熬煮成精華，搞不好眞的可以殺人。

11 「澀味」與「壞、惡」的日文皆為「あく（a-ku）」。

奶奶壓低聲音嚇唬我，好像她就是壞巫婆，我嚇得放聲大哭起來。奶奶立刻露出一如往常的笑容說，妳放心，我會把這些浮渣全都丟掉，不會給任何人吃。啊，美鈴，妳眞是心地善良的孩子。奶奶說完後，張嘴笑了起來。

用小火煮十分鐘後，輕輕把鍋中的栗子倒進瀝水籃。洗完鍋子後，再重新裝水，再把瀝水籃裡的栗子倒進去。

接著要洗栗子。接下來都必須小心輕放，如果動作太粗暴，皮很容易破掉，而且也不能讓栗子乾掉。因爲只要稍微乾掉，就會產生裂縫。破皮和有裂縫的栗子必須拿出來，用來做其他料理。澀皮煮不僅有美麗的光澤，而且完全沒有任何破損，所以才會有黑色寶石這個別名。

我用指腹小心搓掉多餘的澀皮，然後再挑掉黑筋。每顆栗子都有一根很粗的黑筋，要用竹籤挑掉。因爲已經煮熟，所以可以輕鬆把黑筋挑掉，但是動作幅度不能太大，必須輕輕挑起，稍有閃失，就會弄傷已經煮軟的栗子。

我最喜歡這個步驟的作業。一大堆生栗經過這個步驟之後，才變成一顆顆的栗子。只要小心翼翼，細心處理，就成爲寶石的原石。

我緩緩搓洗澀皮，溫柔地，好像在撫慰，洗乾淨的栗子沉入裝了水的料理缽底，去除了所有不必要東西的栗子在水底晃動。雖然世界上有各式各樣的料理，但有任何一項食材受到如此呵護嗎？我認爲一定沒有。

我不時用濕手拿起啤酒瓶潤喉，花了很長時間洗栗子。有幾顆栗子刮傷、裂開了，於是就放在一旁。無論多麼小心翼翼，有些東西還是悄悄碎裂，只能爲此感到遺憾。

當鍋子裡的栗子快洗完時，看到了那顆有黑洞的栗子。奇怪的是，那顆有洞的栗子竟然沒有裂開，黑點就像圖案般理所當然地出現在那裡。即使用竹籤挑除黑筋，用手指搓，黑點仍然出現在那裡，沒有任何損傷。我小心翼翼地清洗後，輕輕放進料理缽。黑色的洞仍然在那裡。

接著進行第二次去除澀味的作業，必須在冷水的時候就加入小蘇打。把小蘇打撒在裝滿鍋子的水面上，然後才點火。這時，手機突然響了。可能是眞淵打來的。我慌忙接起電話，然後鼻子發出一聲冷笑。他會在晚上，正確地說，他只會在晚上打電話給我。我在內心自嘲，按下了通話鍵。原來是和我同期進公司的久保田打來的。當初也是眞淵告訴我，久保田喜歡我。妳的行情很好嘛！既然人家喜歡妳，妳就稍微對他好一點。眞淵在說這些話時，咬著我的乳房，而且比平時更粗暴。原來在眞淵眼中，同期的同事對我的愛意只是他性愛的興奮劑。

美鈴，妳在幹嘛？要不要一起吃午餐？他結結巴巴地在電話中說，我忍不住輕輕笑了起來。有一個男人會因爲你的這些行爲感到興奮，你不覺得那個男人是人渣嗎？我腦袋裡想著這些事，語帶歉意地說，久保田，不好意思，我正在煮栗子。對，栗子。我很會做澀皮煮。我之前不是做過一次，然後帶去公司給大家吃嗎？你當時還說很好吃……啊啊，你不記得了？啊，這樣啊。畢竟只在入社第二年做過嘛。我當然記得很清楚啊，因爲那是我的事。但是應該也有人還記得這件事。我認爲應該有人啦。絕對有啊，至少有一個人吧！啊，你不要誤會啦，我並沒有責怪你不記得這件事，我怎麼可能生氣？

我在說話時，鍋子傳出了咕咚咕咚的聲音。絕對不能讓栗子在鍋子裡翻滾，因爲栗子和栗子之間些微的衝突，就會造成損傷。我關了小火，急忙對久保田說，我要去處理煮到一半的栗子了，對，沒時間和你聊天了，不好意思，週一到公司再聊。我不等他回答，就直接掛上了電話，把手機丟到床上。我聽到背後傳來手機噗通掉落的聲音，拿起了啤酒瓶，咕嚕咕嚕喝了起來。一口氣喝完後，發出「噗啊」的聲音嘆著氣。

我雙手放在水槽邊緣，用力深呼吸。

我明顯失去了平靜。

即使我花費這麼大的工夫，精心完成這道料理，別人也未必記得，所以自己認爲特別的事，也成爲別人心中的特別，是很有價值的事，也是很難得稀奇的事。我無意責備久保田忘了這件事，也當然不是因爲這個原因失去了平靜，但是我發現了一件事。我意識到爲什麼不是口口聲聲說喜歡我的男人，而是上司的太太──婚外情對象的太太記得我的澀皮煮，我發現了其中的理由。

她一定發現了自己的丈夫和我之間的關係。

我和眞淵以說起來很常見的方式，跨越了上司和下屬關係的紅線。當初我無法順利融入職場，身爲上司的他很關心我，經常聽我傾訴。他約我吃飯，在吃飯的時候安慰我。吃了幾次飯之後，他對我說了「我會支持妳」這句俗套而又了無新意的話。當年又蠢又天眞的我誤以爲有人對我說這種話，就是我的眞命天子，於是就在他的要求下委身於他。一次次肉體的結合，進而產生了感情，當我說喜歡他時，他就會說他愛我。我和他之間就是這種很常見的關係。

無論我再怎麼蠢，再怎麼天眞，至少還有最低限度的智力，所以我自認爲很小心，避免別人發現我和他之間的關係。但是五年期間不可能完全沒有任何疏失，我們曾經在下班後相擁走進飯店，也曾經跟著他去出差，也許曾經多次留下破綻，他太太沒發現才有問題。

但是，即使她發現了，爲什麼要用這種方式？難道是所謂正宮的從容？她那麼心胸狹窄，覺得只要她開口，就可以指揮我爲她做事？我猜想她一定有十足的把握，知道眞淵不可能拋棄她，選擇和我在一起。因爲我沒有自信眞淵會選擇我。這五年來，雖然他好幾次對我甜言蜜語，說他愛我，但從來沒有在我面前提過「離婚」這兩個字。也許他內心從來不曾描繪過我成爲他妻子的未來。

像我這種女人，就是俗話所說的「呼之即來，揮之即去」的備胎，被人輕視嘲笑，被人指指點點。我當然知道這件事，只不過無論如何都離不開他。因爲我是極度依賴男人的沒出息女人，如果身邊沒有男人就會不知所措地愣在原地。

但是，不是別人，是妳老公讓我變成這樣的女人。在我獨自感到寂寞、痛苦，想要依賴別人時——在我心靈飢渴時，他持續餵我甜食，所以我才會淪爲依賴別人的女人。

至少我不想讓妳嘲笑我。

我在心裡對他太太這麼說。他一定餵食妳很多有營養的食物，而不是暫時充飢的零食。也許我心存感激地得到的，只是妳的殘羹剩飯。妳不可以看不起我，妳也要像我一樣感到不安，內心充滿負面的想法。就像我一樣。

我猛然回過神，發現煮汁已經變成黑色，浮渣冒著泡。我用湯勺撈起浮渣。動作迅速卻輕柔。在撈浮渣時，我開始喝第二瓶啤酒。都怪這款啤酒太好喝了，嗯。我自言自語著，持續用湯勺撈起浮渣，泡沫不停地從黑色的煮汁中冒出來，始終撈不完。

第二次換水。雖然是換水，但無法再像剛才一樣，粗暴地倒進瀝水籃。只能讓水靜靜地沿著鍋子內側流入，透明的水沖走深色的煮汁，鍋子內漸漸恢復了透明度。當水變乾淨後，再次清洗栗子，而且必須比剛才更仔細、更小心。

又有幾顆栗子遭到淘汰。看到裂開的栗子，不禁有點難過。我已經這麼細心，這麼小心了。我把這幾顆拿了出來，把漂亮完美的栗子放在一起。那顆有洞的栗子仍然留在這些精銳中，仍然維持完美的形狀。我把栗子放在燈光下，好像要看進黑色小洞的深處。既沒有蟲子爬出來，也沒有屍體掉出來。照理說應該丟掉這顆，照理說，這顆應該最先碎裂，但它仍然留在這裡。這到底是怎麼回事？

端詳了半天，漸漸覺得所有的浮渣都是從這個小洞中冒出來。這不是蟲子咬開的入口，而是出口，是帶著澀味的浮渣溢出的出口。

「怎麼可能？」

我喝醉了嗎？不不不，才這麼點酒，我不可能喝醉。我聳了聳肩，開始進行第三次去除浮渣的作業，但是，浮渣還是不停冒出來。已經煮了這麼久，煮汁還是黑色。有這麼多浮渣正常嗎？我是不是忘了什麼重要的事？像是搞錯步驟，或是忘了加什麼東西？而且眞的是加小蘇打嗎？我記得好像聽過可以用洗米水去除澀味。

乾脆向奶奶確認。我拿起剛才丟在床上的手機，找出了奶奶的電話，但是在按下撥號鍵之前改變了主意。不，不必擔心，我和奶奶一起做過很多次澀皮煮，不可能忘記怎麼做。奶奶不是總是很有耐心地教我嗎？她說希望我這個唯一的孫女記住這道菜，所以教得很仔細。沒錯，我記得千代的栗子澀皮煮。因爲我剛才感到心慌意亂，才會有點記憶模糊。

我再次把手機丟到床上，看到手機沉入床中的樣子，想到自己剛才用很無禮的方式掛上了電話。啊啊，眞對不起久保田，我竟然把氣出在他的頭上。明天帶澀皮煮給他賠罪，然後告訴他，做這道菜很麻煩，沒辦法分心。沒錯，因爲很麻煩，所以不該想像一些沒有把握的事。我並沒有十足的證據，也許只是我想太多了。比方說，他太太可能根本不知道是誰做的澀皮煮，反而是眞淵記得這件事。嗯，有可能。因爲除了我以外，沒有其他人做過澀皮煮。

時間差不多了。我又換了第三次水。又有幾顆被淘汰了，那顆有黑洞的栗子仍然完好如初。接著要去除殘留的小蘇打，如果少了這個步驟，就會有和澀味不同的苦味。我把浸在冷水中的栗子放在瓦斯爐上，去除滲進栗子的小蘇打。

點火之後，我拿出幾天前買的法式長棍麵包，切下薄薄的五片。抹上奶油，把剩下的起司放在上面，放進小烤箱後，在冰箱內翻找了一下，在冰箱深處發現了之前別人送的燻鮭魚。眞是好東西。我把燻鮭魚放在烤好的麵包上，淋了幾滴橄欖油。

「好吃。」

我站在廚房吃麵包。感到口渴，就拿起啤酒瓶直接喝。啊啊，這款啤酒眞的大有問題，太順口了，無論吃什麼都很搭。我把五片麵包全都吃下肚之後，鍋裡的水開始沸騰。煮了一會兒之後，從瓦斯爐上移開，再次小心翼翼地倒掉煮汁，加入乾淨的水。

那個黑色的洞剛好出現在鍋子中央。因爲有些栗子被淘汰了，所以出現了一些空隙，鍋子內不再像剛才那麼擁擠，那顆栗子仍然保持完好的形狀。爲什麼？我忍不住納悶。爲什麼該碎的沒有碎，不該碎的卻碎裂了？是因爲有浮渣的洞嗎？我讓水龍頭流出來的水直接沖在栗子上，黑色的洞左搖右晃，但是仍然沒有造成任何破損。我關上水龍頭，注視著鍋子。

我幾乎產生了確信，無論我用清水煮多少次，這個洞內一定會持續流出浮渣。從那個小洞持續流出的浮渣，會把水一次又一次染黑。即使我換了水，即使加了小蘇打，都無法徹底去除浮渣。

但是，這樣的栗子理所當然地出現在鍋子內。不，是我放進去的。我應該把它拿出來，丟進廚餘籃，只不過我並沒有這麼做，而是把鍋子放上瓦斯爐點了火。答答答答。火花濺開，點燃了藍色火焰。

最後就是加糖煮成甜味，分數次加入大量三溫糖。看到酒紅色的煮汁不斷冒出氣泡，確認溫度充分上升後，加入三溫糖。大量三溫糖淹沒了占著鍋子中央位置不動的黑洞。咕嘟咕嘟。鍋子靜靜地煮著，栗子沒有動，黑洞也沒有動。

煮汁越來越濃，房間內彌漫著三溫糖甜蜜的香氣。我以爲黑洞會被染成深棕色後消失不見，沒想到看得更清楚了。最後滴入麥芽糖時，黑洞仍然在那裡吐出浮渣。我注視良久，終於領悟到，這顆栗子不會碎掉。只能放入誰的嘴裡，或是有人把它拿出來丟掉，但至少我對它無能爲力。

橘色的光線悄悄溜進窗戶時，鍋子已經冷了，栗子想必已經充分吸收了三溫糖的甜味。我收拾了綠色的啤酒空瓶，把栗子一顆一顆輕輕裝進事先煮沸消毒過的玻璃瓶內。有些大顆的栗子，只裝了五顆，瓶子就滿了。我倒入煮汁，讓栗子可以浸泡在煮汁中，煮沸後用力蓋上蓋子，然後再連瓶一起煮一次。充分殺菌的栗子可以保存半年。奶奶每年的年菜中都會有這道澀皮煮，我們全家人都愛澀皮煮勝過栗金團[12]，所以每次都最快吃完。

我把那顆有黑洞的栗子裝進其中一個瓶子。

噗咚。

12 和菓子，將栗子蒸煮後去殼、拌炒，最後炙燒逼出栗子果肉的香氣。

晚上七點多時，眞淵上門了。他帶了我喜歡店家的鯛魚燒作爲伴手禮，豆沙和奶油味各買了兩個。

眞淵在玄關緊緊抱著我，和我親吻，向我道謝。玄關的門開著，在大庭廣眾之下接吻有點害羞，但我並不討厭他主動吻我。他冒出的鬍渣有點刺刺的，我怕癢地笑了起來。

我吹整了白天綁起的頭髮，也化了妝，把指甲清洗乾淨，換了一套比平時居家服更可愛的厚棉料洋裝。我認爲自己成功地變成了等待男友上門的可愛女人，我抱著他的後背，臉頰貼在他的胸口上。

「你還沒吃晚餐吧？我煮了栗子飯，雖然用了澀皮煮淘汰的栗子，但是味道很讚。」

「對不起，我今天要趕回去，眞的很對不起。」

他的身體抽離，滿臉歉意地說。

「改天一定補償妳，今天很對不起。」

我的體溫頓時下降，腦袋冰冷，只聽到嗡嗡的耳鳴，然後我突然感到無地自容，只有耳朵特別燙。太好笑了。我嘴上說什麼他用上床來支付我做澀皮煮的工錢，我也完全不稀罕，但在這一刻之前，我還充滿期待。我天眞地、無意識地以爲他會在床上和我翻雲覆雨，讓我通體舒暢，然後輕聲細語對我說，對不起，讓妳做這種不愉快的事。

好丟臉。我這麼想著。另一個我嘲笑著這樣的我。妳還特地去沖了澡等他上門，今天是星期天晚上，他每逢週日都會陪家人，怎麼會沒想到他拿到栗子後馬上就離開呢？啊啊，吵死了，吵死了。

「美鈴，可以給我栗子嗎？」

「你等一下。」

我轉身離開，走向廚房。

打開冰箱，發燙的臉頰感受到涼涼的空氣。腦袋稍微冷靜下來，我打量著冰箱，眼前放了一排裝了栗子的玻璃瓶。我看著這排玻璃瓶，毫不猶豫地拿出最角落的瓶子，放進紙袋後，發現紙袋還很空，於是又隨手拿了一瓶放進去，瓶子放進紙袋後剛剛好。

我拎著紙袋走回玄關後遞給他。他探頭看向紙袋，輕輕嘆息，似乎鬆了一口氣。我把這一切都看在眼裡。

「催得很緊嗎？」

我問，他一臉尷尬地歪著嘴，吞吞吐吐地發出「呃，不，嗯」的聲音。我看著他，不由自主地問：

「眞淵先生，你還記得我那次做澀皮煮是什麼時候嗎？」

他露出驚訝的表情，眼珠子轉了一下，然後語帶遲疑地說：

「嗯，是幾年前呢？不瞞妳說，在我太太提起這件事之前，我完全忘了。」

我喜歡的男人並不記得這件事。這並沒什麼大不了，只是微不足道的小事。但是，我內心深處還是感到寂寞，就好像聽到坐在旁邊座位的男生要搬去遠處時的那種寂寞。雖然我不曾有過這種經驗，但我猜想應該就是這種心情。

我情不自禁輕輕按著腹部。這隻手在剝栗子外殼時受了傷，指尖刺痛發麻。然後，我確信了兩件並不重要的事。這次他太太是因為了解所有的事，才會提出這個要求，而且眼前這個人完全沒有察覺這件事。「是什麼時候？」他問。我露出柔和的眼神，告訴他是剛進公司那一年。他笑了笑說：「喔，對喔。」然後我用沒有起伏的語氣對他說：「你可以走了嗎？」簡直就像在示範什麼是語氣生硬，說話沒有感情。

「如果你馬上走就太好了，我今天很累，想早點睡覺。」

我並沒有說謊，也不是愛面子。我意識到自己極度疲憊。

「喔喔，這樣啊。不好意思，但是謝謝妳。」

眞淵明顯露出欣喜的表情。他向來無法察覺到我的不悅嗎？我之前覺得他就像哄孫子的老人般，總是輕柔地撫慰我的心，讓我感到舒舒服服，難道都是我的幻想嗎？不，可能是曾經這樣，只是後來消失不見了。但是，到底是從什麼時候開始消失？既然我想不起來，也許眞的是我的幻想，他一開始就是一個自私冷酷的人。一定就是這樣。我喜歡這樣的男人？而且還喜歡了五年？這會不會也是我的幻想？

「明天公司見，晚安。」

眞淵敷衍地親了一下我的額頭，轉身離開了。我走回家中，吃了剛煮好的栗子飯。淘汰下來的栗子很鬆軟，很好吃，我添了兩次飯，然後早早就上床睡覺了。隔天才發現放在玄關鞋櫃上的鯛魚燒紙袋已經冷掉了。我完全忘了這件事，把鯛魚燒丟進了垃圾桶。丟進垃圾桶的鯛魚燒發出無趣的聲音。

當八百清的店內看不到新鮮栗子的身影時，眞淵的太太去世了。她罹患了末期癌症，在與疾病奮鬥了半年，最後一個月在安寧病房接受臨終關懷。公司內沒有人知道這件事，和眞淵同期進公司的課長，經常和他一起去喝酒的矢崎，還有我都不知道。眞淵沒有把他太太罹癌的事告訴任何人。

他的太太以前很漂亮，但整個人都瘦得不成人形，連長相都不一樣了，眞的太令人難過了。代表公司參加私人葬禮的部長嘆著氣告訴我們這些下屬。「他們的女兒還在讀小學，一直抱著媽媽不肯放手，但是她沒有哭，只是一直站在棺木旁不願離開，讓人看了格外心酸。」家中也有女兒的部長語帶哽咽地說這番話時，好幾個同事都用手帕擦眼淚。久保田也是其中之一，眼睛和鼻尖都紅了。我注視著他拭淚的樣子想著，不知道久保田是屬於很感性的人，還是很愛家人。他張大了紅通通的鼻孔，然後又縮了起來。他似乎鼻塞了，有點呼吸不順。我看著他，想起了栗子上的洞。

浮渣持續不斷地從那個小洞流出。他太太有沒有吃那瓶栗子？有沒有用因爲生病而變得乾瘦的指尖，拿起富有光澤的栗子放進嘴裡？有沒有因爲我偷藏進去的滿滿惡意感到滿足？想必我永遠無法得知答案。

「啊，千代，妳下班準備回家嗎？辛苦了！」

走回公寓的路上，肇老闆叫住了我。「辛苦了。」我向他鞠躬打招呼，他突然對我說：「我老婆非常喜歡。我老婆說很好吃、很好吃，還捨不得吃，每天只吃一顆。不愧是千代做的澀皮煮，簡直是絕品！」聽到肇老闆的大力稱讚，我不置可否地點了點頭，露出了微笑，但可能笑容有點僵。

「每顆栗子都很完好嗎？有沒有被蟲咬到的？」我問。

「千代，妳不必謙虛。」肇老闆的一雙蜆仔小眼睛轉動了一下，笑著對我說。「我是開蔬果店的，當然知道妳是一顆一顆費心做出來的，怎麼可能會有被蟲子咬過的栗子？啊啊，不對，該不會有很多栗子都被蟲咬過？那眞是太對不起妳了。雖然我進貨的時候還仔細檢查過。」他用力拍了一下寬額頭，緊張地說道，我也慌了手腳。「不，不是這樣，只有一顆被蟲咬過了，只有一顆而已。」肇老闆露出鬆了一口氣的表情。

「喔，原來是這樣，那就好。千代，太謝謝妳了。」

肇老闆向我推薦了茄子和芹菜，便宜賣給我，我買完菜之後，離開了蔬果店。肇老闆問我，明年可以再做嗎？他害羞地說：「我沒想到我老婆會吃得那麼開心。」我笑著點了點頭，拍著胸脯保證說，隨時都可以。肇老闆開心地笑著向我道謝。

我在肇老闆的目送下，拎著發出沙沙聲響的塑膠袋走在路上。我問了蠢問題。那顆栗子不可能在我給肇老闆的那一瓶中。我知道那顆在哪一瓶中，而且是在明明知道的情況下，把那一瓶交給了眞淵。我的惡意送到了他太太的手上。

我把惡意的黑洞藏在那個玻璃瓶中。他太太有沒有發現那個不可能看不見的黑點？只要是做菜的人，都知道經過了哪些步驟才能做出栗子澀皮煮。不，我就是想讓她發現，所以才故意放進去，我希望她沾染那個黑洞溢出的惡意。

我讓妳看到了我的惡意，藉此作爲報復。但是，我的內心爲什麼還有這些無法消化的感情？

不，其實我知道。我原本以爲那是相互傳接球，傳遞惡意的開端，我想要把妳拉下來，和我一起大打泥巴戰，我作好了盡情傷害妳的心理準備，但是怎麼可以用這種方式結束呢？彩香太太，妳倒是說啊？

我曾經見過他的太太彩香兩次，兩次都是在和眞淵有了特殊關係之後。那是我充滿毫無根據的自信，覺得比起她，眞淵更愛我的時期。她雖然很漂亮，但我並不會覺得自己比不上她。她用略帶鼻音的聲音說：「謝謝你（妳）平時對我先生的照顧。」然後深深地鞠躬。她對部長、久保田、食堂的阿姨和我，對每個人都這麼說，她的姿態很低，我當時深有感慨地打量著她，心想著原來他選擇這樣的女人成爲伴侶。我知道妳老公內褲的圖案。說句心裡話，黃色和米色的格子圖案很醜，一點都不適合他。如果我這麼對她說，她搞不好會道歉，然後臉色大變地立刻跑去爲他買新內褲。

我搞不懂她丟過來的那顆球，丟後不理那顆球的意義。既然她罹患了末期癌症，不是應該有更重要的事嗎？有時間丟給我這顆莫名其妙的球，不是應該有很多事要做嗎？她到底想幹什麼？

但是，死人無法回答。我這輩子永遠都無法得知她到底想幹什麼。沙沙沙，沙沙沙。塑膠袋發出了聲響。我覺得塑膠袋似乎知道答案，塑膠袋可能努力想要把答案告訴遲鈍的我，雖然我不知道塑膠袋在說什麼。我眞是有病，竟然想要透過晃動的塑膠袋尋找答案，還不如去車站前，付三千圓給準備開始爲醉鬼算命的算命師，至少還可以聽到人話。

這時，我聽到身後有人叫我的名字。回頭一看，發現眞淵站在那裡。自從他太太去世之後，他一直請假沒來上班。他臉上冒著鬍碴，輕輕笑了笑，再次叫著我的名字。「美鈴，好久不見。」

要說好久不見，我們的確很久沒見面了，但我完全不記得我們多久沒見了。從我丟掉鯛魚燒的那天之後？不，好像之後也有看過他。

「眞淵先生，你還好嗎？」

「這次的事，妳一定很驚訝吧。對不起。」

眞淵走到我面前，熱情地緊緊抱住我。在傍晚的商店街出口，完全不感到害臊。啊啊，我曾經為他的這種行為心動。我有點事不關己地想。即使是個性比較文靜的我，也曾經有一段時期為他在大庭廣眾之下對我做出的親熱行為感到陶醉，他為不顧旁人眼光，行為大膽的自己陷入陶醉的時期應該還處於現在進行式。我們的發情期剛好產生了交集，人們會將這種偶然稱為命運。至少我曾經這麼以為。

「彩香死了。她吃了妳做的澀皮煮，很捨不得地一顆一顆慢慢吃。我看到那一幕，覺得她也許會好起來。」
突然飄來一股剛炸好的魷魚圈的味道，那是最擅長用大量重口味醬汁蓋過食材本身美味的相模屋魷魚圈的味道。我和騎著腳踏車經過的男高中生四目相對，不知道他是不是這股味道的來源。右側臉頰上有一顆大青春痘的他對我咧嘴而笑。我也對他露出了表情肌幾乎斷裂的燦爛笑容。
「但是，我已經失去了彩香。我接下來該怎麼辦？我好寂寞……」
他抱著我後背的雙手用力，我有點喘不過氣。
「你太太吃了澀皮煮嗎？」
「是啊，她說很好吃。雖然她已經失去了食慾，但只有吃妳做的澀皮煮時看起來很高興。」
她吃了。爲什麼？我原本想像她不是丟進垃圾桶或是水槽，就是丟向院子。因爲那是丈夫的情婦做的、充滿惡意的栗子，比殘羹剩飯更不如。
「很好吃。」
「啊？你也吃了嗎？」
你不是討厭甜食嗎？我帶著這樣的想法問，但遲鈍的他並沒有察覺，點了點頭說：

「我和彩香一起吃了一顆，眞的很好吃。只不過，」他噗哧一聲笑了起來，「不知道是不是被蟲咬過，上面有一個黑色的洞。我們還一起笑著說，妳眞是粗心。因爲是妳親手做的，所以我還是吃了，眞的很好吃。」

我忍不住倒吸了一口氣。

「你是自己主動想吃嗎？」

我的聲音發抖。眞淵不知道誤會了什麼，摸了摸我的後背，一臉得意地說：「當然啊，我拿起了那一顆，即使上面有洞，我也會吃啊。雖然我不是很清楚，但聽說很費工夫？我怎麼可能剩下不吃呢？很好吃，我覺得很適合當白蘭地的下酒菜。」

他滔滔不絕地說著，但這些事根本不重要。

「你太太當時有沒有說什麼？」

「啊？我有點忘了，她好像是說，既然是你自己挑的，你就要負起責任吞下去之類的話。這種事根本不重要吧？」

聽了他語帶顧慮說的話，我忍不住笑了起來。

我推開他，把塑膠袋丟在地上捧腹大笑。既然是你自己挑的！你就要負起責任吞下去！說得太好了。眞淵，你必須把自己拿起的東西中滿滿的惡意吞下去。

我錯了，我不應該把惡意送給彩香，而是要送給眼前這個男人。他這個人思慮膚淺，完全沒有察覺病床上的妻子心願背後的眞正目的，傻傻地拜託情婦，而且這個愚鈍的男人完全沒有察覺情婦內心的動搖。

我應該把惡意送給這個男人。

眼角滲出了淚水。我不知道自己爲何流淚，只知道眼角濕了。我動作粗暴地擦拭著淚水。

「美鈴，妳怎麼了？」

啊哈哈哈。我好像發瘋似的狂笑著，眞淵有點不知所措。我邊擦眼淚邊說：「眞淵先生，完蛋了。你吃了我的栗子，所以我們分手吧。因爲惡意會把你染黑。」

「妳不要說這種莫名其妙的話。喂，喂，美鈴？」

他伸手想要抓我，我閃過了他伸出的手，沒有撿起地上的塑膠袋，就拔腿跑了起來。背後傳來他叫我的聲音，我沒有理會，繼續奔跑著。我毫不猶豫地跑向八百清。

「咦？千代，妳忘了買什麼東西嗎？」

「不是。」

我上氣不接下氣地對肇老闆說。我不會再做澀皮煮了。因爲我做了不該做的事，所以覺得自己不能再做了。所以，我明年會教你太太怎麼做，這樣可以嗎？

我在奶奶教我的拿手料理中加了滿滿的惡意，變成了毒藥。不是不能再做了，而是覺得自己沒辦法再做了，所以我以後再也不會做了。

肇老闆的小眼睛骨碌碌地轉著，歪著頭感到納悶，然後問我：「妳以後不再做了嗎？」我點了點頭。正確地說，是我沒辦法再做了。

「所以我會教你太太，別擔心，我會如實地把我奶奶教我的方法告訴你太太，一定沒問題。」

肇老闆聽了，笑著說：「太高興了。千代的澀皮煮必須傳承下去，妳竟然願意教我太太這麼重要的東西，太謝謝妳了。」

肇老闆的善良又讓我流下了幾滴淚水。

人生前輩

藍生戀愛了。

浦部藍生是我的青梅竹馬。因爲我們從小一起長大，所以我知道他所有的事。在春日部之森幼兒園大班的過夜活動時，他怕自己不小心尿在床上，所以悄悄帶了紙尿褲。他在小學五年級之前，都稱腋毛「毛毛」。他現在仍然很怕布偶裝。他很喜歡看動畫。他在小學四年級的夏天，才從原本的三角小內褲換成了四角內褲。他發現全班所有的男生都不再穿三角褲，於是就哭著央求媽媽，才趕緊去伊藤洋華堂超市購買。我對藍生無所不知，但他竟然戀愛了，而且我是在事情已經進展到相當的程度後，才知道這件事。

怎麼會這樣！怎麼會有這種事！

一月底的時候，藍生開始出現了奇怪的變化。早晨的時候，我像平時一樣在公寓門口等他，他竟然無視我的存在，從我身邊跑了過去。

「咦咦?!等一下，我叫你等一下啦。你爲什麼自己先走了？你沒看到我嗎？」

我慌忙追了上去，藍生瞥了我一眼說：

「對不起。不好意思，我現在沒時間和妳多聊。」

他第一次用這種方式拒絕我。我懷疑自己聽錯了，「啊！」了一聲，停下了腳步。但是，我的耳朵似乎並沒有問題，藍生眞的丟下我走了，轉眼之間就消失不見了。雖然這件事讓我深受打擊，幾乎快要死了，但我還是告訴自己，今天他可能要考試，或是有什麼特別的事。但是，第二天、第三天，藍生仍然丟下我，自己一個人去搭車上學，隔週似乎提早出門去學校，我根本遇不到他。

我們分別住在同一棟公寓的三樓和四樓，搭幼兒園的接送巴士時都坐在一起，上了小學之後，每天都一起去學校。上國中的時候也一樣，上了高中後，雖然我讀的是一所不怎麼樣的學校，藍生讀的是超優質的升學高中，但我們在同一個車站搭車，所以還是一起出門。我們總是揉著惺忪睡眼，聊著前一天YouTube上的影片，或是看的漫畫，以及臨時想到的事，然後說聲「明天見」，分別走向各自的月台。

我們並沒有聊什麼重要的事，而且也沒有約好，但是這是我們每天早上的「規矩」，我們向來用相同的步伐迎接一天的開始。但是藍生爲什麼突然放棄了和我之間的日常？

我們是高中一年級的學生，我能想到唯一的原因，就是他交了女朋友。即使還沒有到女朋友的程度，也至少出現了可能成爲他未來女朋友的對象。比方說，他的同班同學，或是每天和我道別後，在電車上遇到的人。因爲他丟下我離開時，臉上充滿歡喜的表情。我覺得那是想要趕快見到心儀對象時才會露出的動人表情，他和我在一起時，從來不曾露出這樣的表情。

「藍生，你是不是有喜歡的人？」

他不再和我一起去搭車上學的兩個星期後的某一天，不知道他是不是睡過頭了，我發現他匆匆忙忙跑過去的身影，情不自禁叫住了他，原本漸漸遠去的背影猛然停了下來。藍生緩緩轉過頭。「妳在說什麼蠢話？」他的語尾有點發抖，而且眼神也很羞怯，我立刻知道是怎麼回事。知道之後，陷入了絕望。

爲什麼？爲什麼不是我？如果有喜歡的對象，那個人當然應該要是我啊。我們在一起多少年了？自己喜歡的人就是兒時的玩伴，這不是從太古時代開始就演到爛的、理所當然的劇情嗎？

我覺得好後悔、無奈和悲哀，最重要的是超級震驚。在我對奪走了藍生的心的陌生人產生嫉妒之前，完全沒有發現自己愛上了他。啊，原來我喜歡藍生。

藍生是超級普通的男生。雖然個子很高，手長腳長，但是太瘦了，有點駝背。一頭很鬈的自然鬈頭髮總是很不服貼，五官也太過樸素。雖然五官都還不錯，但是不夠端正，所以稱不上好看，而且也沒有特色。他就像是完全不課金的「阿凡達」遊戲。藍生的妹妹朱莉對他的這種形容很貼切。藍生雖然功課很好，但無法成爲全年級第一名。運動能力並不差，卻也沒有喜愛的運動。他的興趣是手工藝，讀國中時迷上了樹脂手作，目前愛的是木雕。他說看了某部紀錄片後深受感動，所以正在雕刻熊還有佛像，或許算是有點奇怪的興趣愛好。因爲我從來沒有遇過別的同學要我看他們製作的佛像是否成功。他的個性善良沉穩，說白了，就是有點懦弱，而且「在家一條龍，在外一條蟲」，在家人和我面前會扮鬼臉，或是說一些冷笑話，而且有點小任性，雖然只是泡澡的時候不想用泡澡粉，想用保濕入浴液，或是漢堡排想要用和風醬這種讓人不禁莞爾的小任性。

我是獨生女，從小和藍生、朱莉就像兄弟姊妹一樣，所以我和他之間一直以來就有兄妹的感情，而且比別人強一倍。小學時，曾經有學長嘲笑藍生「長得像螳螂」，我就送了那個學長滿滿的螳螂卵；國中時，在男女混合排球賽時，敵隊的人故意把球打在藍生身上，我也好好回敬了他們。我雖然腦袋不靈光，但對自己的行動力很引以爲傲，絕對不會放過欺負藍生的人。但是我的這些行爲也許都源自於我對他的喜歡？我之前完全沒有想過這件事。

藍生，你喜歡的是什麼樣的人？

我想知道。我想問他。如果可以，我想盤問他一個小時。但是，我無法這麼做，如果藍生說要介紹我們認識，我該露出什麼樣的表情？搞不好會用巨大的螳螂卵攻擊對方。即使勉強忍住，也一定會任性地說「我不要、我不要」。我甚至不難想像自己耍任性後放聲大哭，問他爲什麼我不行。我不希望自己做出這麼沒出息的事，但仍然無法克制想要知道眞相的心情。

左思右想之後，覺得最簡單的方法就是去問藍生的媽媽。我敲響了位在四樓的浦部家的門。小孩子的事，問媽媽最清楚。

我好久沒去浦部家了。上高中後，媽媽對我說，你們都長大了，以後不可以再去對方的房間玩了。媽媽並沒有明說，我一笑置之，覺得她實在想太多了，沒想到這種擔心並非多餘。現在的我會硬把他撲倒，也絕不讓別人偷走。

藍生的媽媽月子媽媽開門迎接了我。「好久不見，藍生還沒有回來。喔？妳是來找我嗎？請進請進。」

雖然月子媽媽很歡迎我，但是當我問到藍生的女朋友，她納悶地歪著頭。

「我不知道他是不是交了女朋友，但他都早出晚歸，有時候吃了晚餐才回來，而且好像經常和誰講電話。」

我的胃開始抽痛。原來他放學後，也和別人一起回家……

而且，我和藍生有時候會在通訊軟體上聯絡，但都是聊幾句無關緊要的話就結束，從來沒有打過電話。這個世界上，竟然有女人可以做這麼令人羨慕的事，而且月子媽媽又丟出了另一個驚人的炸彈。

「但是，我覺得他應該不是交了女朋友，因爲我們三月就要搬家了。」

藍生的爸爸稔爸爸在車站後方的補習班當老師，他半年前得了憂鬱症，而且情況越來越嚴重，影響到工作，上個月離職了。稔爸爸已經回到位在福岡縣北九州市的老家療養，月子媽媽、藍生和朱莉三個人三月底也要一起回去北九州。

「因爲朱莉目前是六年級，她希望能夠在這裡讀完小學。光是和朋友分開，不是就很痛苦嗎？所以至少想要滿足她這個心願，爸爸也說這樣比較好。幸虧藍生的爺爺、奶奶身體很好，可以請他們先照顧一下。」

月子媽媽嘆著氣說。藍生家的人感情一直很好，週末的時候，全家經常一起出去玩，傍晚時，也會一起玩傳接球，所以稔爸爸身體出問題回了老家，他們全家都跟著一起回去也完全不意外。

「藍生考上了一所好學校，對他有點抱歉，但以後還要考慮到錢的事。」

我還沒想到這件事，月子媽媽就這麼對我說。如果稔爸爸沒辦法工作，他們家的確會面臨經濟上的問題，也許全家搬回稔爸爸的老家是唯一的解決方法。但是，這不是目前的重點，藍生爲什麼完全沒有向我提這件事？我們每天早上聊這麼多，他從來沒有在我面前提過稔爸爸的事。

「加代，藍生可能很難開口和妳說搬家的事，朱莉也還不想告訴她的朋友。」

在月子媽媽心中，我是藍生的朋友，是認識很多年，像兄妹一樣的好朋友。我相信藍生也有同樣的想法，只是藍生在我心裡的地位發生了變化，就只是這樣而已。我一臉茫然，月子媽媽臨別時對我說：「你們在三月之前，要繼續當好朋友。」

回到家後，我直接走進自己的房間，倒在和今天早上出門時一樣，被子還沒折的床上。

我不知道該從哪一件事開始受傷。好不容易發現了自己喜歡藍生，但藍生已經有了喜歡的對象，而且再隔一個月，他就要去福岡了。月子媽媽說，已經在著手處理賣房子的事，北九州是藍生爸爸熟悉的地方，小孩子在大自然的環境下成長也比較好。聽月子媽媽說話的語氣，他們似乎不打算再搬回來了。

藍生一旦去了福岡，可能就再也無法見面了。

以後他可能會報考關東的大學，也可能到東京找工作，但是應該不可能特地搬回埼玉縣的春日部生活，即使有萬分之一的這種可能，而且我們又能夠再見面，他也不是現在的藍生，不再是我熟悉的藍生了。

淚水奪眶而出。我從小和藍生一起長大，我們還曾經睡在同一張床上，就像兄妹一樣對彼此無所不知，我一直無條件地相信，以後也會一直和他在一起。沒想到就這樣輕易決定要分開，他甚至沒有告訴我這件事。藍生變了，而且我完全不知情。

我把臉埋進枕頭嗚嗚哭了起來，這時，聽到手機的震動聲。拿起一看，是同班同學金文（因爲她叫金原文子，所以就叫她金文）傳了超現實的訊息給我。

「聯誼的人數不夠，妳可以來嗎？」金文是我上了高中後的好朋友，她是聯誼女王。我對聯誼，也就是對認識異性完全沒有興趣——現在回想起來，應該是覺得除了藍生以外，我根本不需要認識其他男生——但是金文經常會帶一些昆蟲迷或是懷舊遊戲迷這種很有趣的人來參加聯誼，所以也不能小看她。上次她帶來一個很迷前世占卜的男生，說我上輩子是男生，七歲的時候掉進尼羅河被鱷魚吃掉了，所以建議我這輩子也要遠離水邊，以免發生危險。

不，現在這種事都無關緊要。我擦著眼淚回了訊息。「我不去。」金文沒有罷休，又傳訊息說「妳眞的不來嗎？這次的男生超優秀，以我們的腦袋，根本不可能認識那所高中的學生。」她提到的學校名正是藍生就讀的學校，我想了一下後回答說「那我去」。

聯誼的地點在離車站有一段距離的ＫＴＶ，對方有四個男生，我們也有四個女生。金文和其他兩個人——綺羅和小華都化了超美的妝，金文比我在學校看到時，眼睛整整大了一圈，而且胸部墊得很高，裙子也超短。不愧是女王。我哭腫了臉，而且沒有化妝，那幾個男生完全不理我，但我並不是來和他們交朋友，我唯一的目的，就是想向他們打聽藍生的事。只不過他們學校有很多學生，藍生並不是引人注目的人，所以我猜想可能打聽不到什麼消息，也沒有抱太大的期待，只是抱著姑且一試，死馬當活馬醫的心態。沒想到坐在我旁邊的加納，正露出熾熱的眼神看著在遠處被另外兩個男生捧在手心的金文，聽到我的問題，很乾脆地回答：「喔喔，妳是說浦部嗎？他是我們隔壁班的，我認識他啊。」

「眞的假的?!」

「眞的啊，他最近超有名。」

「有名是什麼意思？」

我無法把藍生和有名這個單字連在一起。藍生是除了木雕以外，完全沒有個性，根本是不起眼的男生。加納下巴上有好幾顆青春痘，被我用力抓住手臂顯得有點不知所措，但還是回答說：「因爲他和死神婆子在交往。」

「啊？」

我聽不懂他在說什麼。這時，坐在金文旁邊的一個男生噗哧一聲笑了起來，「他應該是那個老太婆的小狼狗吧。」

「我也知道這件事。」

「啊？什麼意思？死神婆子是怎麼回事？」

金文緩緩搖著頭，用和在教室說話時完全不同的聲音問，加納眉飛色舞地說：「我們學校附近有一棟老房子。」

那棟日式房子本身並不大，但有一個很大的庭院，有一個老太婆獨自住在這裡。她還僱用了幫傭，想必是有錢人。附近的居民都叫那個老太婆「死神婆子」。

「她整個人散發出奇怪的感覺，或者說很陰鬱。她年紀那麼大，身高竟然有一百七十公分左右，肩膀也很寬。她的頭髮剪得很短，背影看起來就像是身材魁梧的老頭，但衣著打扮很像是童話世界的人。有時候會繫著有大量粉紅色蕾絲的圍裙，或是穿著有很多金絲銀線的裙子，簡直就像是從惡夢世界走出來的人。」

「啊？該不會是因爲她的外表，就爲她取這個名字？太離譜了，簡直難以相信。」

金文恢復了平時的樣子，皺起眉頭說：「也太沒品了。」

加納慌忙大聲說：

「不是不是，不是這麼簡單，她的打扮只是發揮了加分作用。她之所以會有這個綽號，是很久以前，她的老公失蹤了，聽說她把老公的屍體埋在庭院了，而且好像警察還曾經上門調查。」

「簡直就像連續劇的劇情！」小華興奮地叫了起來，綺羅有點懷疑地問：「現實生活中會有這種事嗎？不是會因爲發出異味而被人發現嗎？」

「只要處理方式得宜，應該不會有問題。妳們不要用這種可怕的眼神看我，我只是在開玩笑，開玩笑啦。但是不久之前，我的學長說他看到阿嬤在庭院裡東挖西挖，嘴裡唸唸有詞說『沒有，沒有』，學長說，她是不是因爲年紀大了，有點失智了，忘了以前把屍體埋在哪裡了。」

「是喔，原來是這麼回事，所以你們學校有人經常去找那個叫死神婆子的人？」

「對，那個人叫浦部，他整天去死神婆子家。」

聽說藍生在上學前和放學後，都會去那個老太婆家，有人看到他和老太婆一起去商店街買東西。加納誇張地聳了聳肩說：「完全不知道浦部在想什麼。」

「那個老太婆沒有小孩，所以絕對有很多錢，果然是看中她的遺產嗎？」

「好可怕，高中一年級的學生會這麼有心機嗎？他們可能只是親戚吧？」

「不不不，曾經有人問浦部，是你家的親戚嗎？浦部回答說『不是』，說只是因爲偶然的機會認識，然後就變成了朋友。」

「啊！」小華她們叫了起來。我陷入了混亂。我原本以爲藍生喜歡的女生是同班的女生，或是大一屆的學姊，漂亮的ＯＬ姊姊之類的人，沒想到竟然是被稱爲「死神婆子」的老太婆，會有這種事嗎？我完全無法理解，但是，果眞如此的話、如果是這樣的話，藍生可能並沒有「談戀愛」。雖然我搞不清楚其中的理由，他可能只是對和老太婆在一起時能夠得到的東西產生了熱情。比方說，那個老太婆其實是木雕專家，藍生只是拜她爲師。雖然這種情況可能比戀愛更複雜，但絕對比戀愛好多了。

「死神婆子喔，太好了，謝謝你們提供這些有用的資訊。」

我向那幾個男生道謝，他們一臉錯愕，然後笑了起來：「妳好奇怪。」我和他們一起唱得很投入，回報他們提供的線索，然後回到了家裡，決定要去見那個死神婆子。

隔天早上，我在首班車的發車時間，就已經出現在車站的月台上。我穿著爸爸的舊 MA-1 飛行夾克搭牛仔褲，戴上口罩，然後把針織帽壓得很低，完全就是跟蹤的標準裝扮。我當然是在這裡等藍生出現。

「他什麼時候才會出現……」

二月的月台簡直快凍死人了，而且今天還飄起了小雪。我放在口袋裡的手指都凍僵了，忍不住想問自己到底在幹什麼，搞不好直接對藍生說「我也想去你每天去的地方」還比較簡單，只不過想到他可能說「不要」，我就說不出口。至今爲止，藍生拒絕過我兩次。第一次是我隱瞞自己發燒，邀他一起去市民游泳池游泳，他拒絕我說「不要，妳趕快吃藥去睡覺」。第二次是我宣布要報考和他同一所高中，他對我說「不要，我不建議妳隨便亂報考」。雖然兩次都是很理所當然的拒絕，但當時我很受打擊，「不要」是我最不想從他嘴裡聽到的字眼排行榜第一名。我還不習慣被藍生拒絕，我相信永遠都無法適應。

我喝完兩罐爲了取暖而買的奶茶，很想去上廁所。我很擔心如果自己坐在馬桶上時，藍生搭電車離開了怎麼辦？於是我衝去廁所，然後又衝回月台，結果在月台看到藍生的身影。我拿出原本放在口袋裡的手機確認時間，發現他比以前上學的時間提早了一個小時。

藍生穿著學校規定的海軍藍雙排扣外套，米色的圍巾把脖子裹得緊緊的，微微駝著背站在那裡。我遠遠地看到他的嘴裡不斷吐出白氣，然後消失在天空中。他可能打了一個呵欠，所以吐出一大團白氣。他揉了揉眼睛，從口袋裡拿出手機，確認時間後，看向電車駛入月台的方向，把手機放回了口袋。

不知道爲什麼，他只是做了這幾個簡單的動作，我就再次體會到「我喜歡他」。我再次確認了對他的喜歡，他的每一個動作，他的每一個眼神，都讓我胸口有一種被勒緊的感覺。唉，我爲什麼沒有更早察覺？如果以前藍生在我身旁打呵欠時我就察覺到，「現在」或許就不一樣了。

電車駛入月台，我和藍生走進同一個車廂。雖然時間還早，但已經有很多乘客。拜這些乘客所賜，藍生不會發現我。我躲在一個皺著眉頭，用手機看新聞的阿伯身後偷瞄藍生。他一臉還沒睡醒的樣子，目前並沒有任何變化。他在離學校最近的車站下了車，我當然也跟著下車。

我跟在藍生身後，必須一路小跑，才能夠跟上他的腳步，於是我發現他平時和我走在一起時，可能都在配合我的步伐。只是因爲他以前走路時總是懶洋洋，好像還沒睡醒，所以我完全沒發現這件事。

從車站走了大約十分鐘左右，藍生穿越商店街，來到了住宅區後，突然停下了腳步。他抬起了原本微微低著的頭，前方應該就是那棟之前聽說的日式房子。

石頭圍牆的有些地方長了青苔，裡面有一棟老舊的瓦屋頂平房。房子本身並不大，但許多細節都可以感受到那是大戶人家的房子。像是樹枝向兩側生長的高大松樹，還有只看到頂部的石燈籠，住家的庭院竟然有這種東西，他們絕對是有錢人。

藍生毫不猶豫地推開了很有排場的木門走了進去。不一會兒，就聽到按門鈴的聲音。我不假思索地跑過去，趴在門上，從門縫中向裡面張望。藍生站在玄關的拉門前，他拿下圍巾，掛在手上，撥了撥劉海。這完全就是男生去女朋友家時的樣子。

「來了。」

隨著一個輕快的聲音，拉門發出嘎啦嘎啦的聲音打開了，一個看起來二十五、六歲的女人探出頭。她一頭粉紅色短髮，臉很小，耳朵上戴了很多耳環，像貓一樣的眼妝令人印象深刻。她的嘴巴很大，嘴角用力上揚。她的身體像男生一樣單薄，穿著和頭髮相同色系的連帽衫與牛仔褲，簡直就像是漫畫世界中的時尚人物，太帥了。

「藍生，早安。」

女人笑著打招呼，藍生鞠躬說：「早安。」從背影就可以知道他很緊張。

喂，死神婆子在哪裡？

眼前的景象和我想像中，不，和我期待的完全不一樣。我以爲會看到一個兼具粗獷和夢幻的老太婆，和他聊木雕小矮人的話題，或是感謝心地善良的年輕人今天也來關心她，兩個人聊一些輕鬆溫馨的話題。

是誰說她是死神婆子？無論怎麼看，都是年輕迷人的女人，完全沒有任何老太婆的要素。死加納，竟然說謊騙人，不能原諒。

「趕快進來吧，早餐已經準備好了。今天烤了味噌鮭魚。」

「哇，我很愛鮭魚。」

「我知道，所以才會特地準備啊。」

女人拍了拍藍生的後背，從藍生的背影，就知道他感到害羞。

怎麼回事？他一大早就到年紀比他大的姊姊家裡吃早餐？他什麼時候變得這麼有行情了？明明到現在都不敢吃納豆！

「藍生，你在幹嘛？」

當我回過神時，發現自己撞向木門。木門比我想像中更重，我的右肩很痛，但這種事並不重要。藍生驚訝地轉過頭，臉上還帶著甜蜜的紅暈，我看了火冒三丈。

「你在幹嘛？在、在這種地方，讓女人爲你做飯！你什麼時候變成這種人了？」

我跺著腳，狠狠瞪著他，藍生的臉色漸漸發白，然後支支吾吾地問我：「加代、妳、爲什麼？學校呢？」

「我蹺課啦！這種事不重要，我才要問你，你在這裡幹什麼？」

藍生聽到我大喊大叫，慌張地說：「喂！不要亂叫，妳安靜一點。」那個女人一臉驚訝，滿不在乎地問：「啊喲，是你的女朋友嗎？」

「不是！」藍生立刻回答。你不必回答得這麼快！

「加代是我的青梅竹馬。加代，妳怎麼會來這裡？」

「因爲你最近很奇怪！我當然會擔心啊！」

我忍不住大聲說話，也是很正常的事。因爲藍生是我的青梅竹馬，如果他出了什麼問題，我會擔心也很正常。我的行爲完全沒有錯。

「原來是你的青梅竹馬加代，這樣啊，這樣啊，很高興認識妳。我叫伊岡菜摘，請多指教。」

女人笑著向我打招呼。看到她親切的笑容，我稍微放鬆了警戒。

「我是這棟房子的主人伊岡澪的姪孫女。」

「直孫女？」

我感到納悶。菜摘仔細地向我說明：「姪子的姪，孫子的孫，姪孫女。澪婆婆的哥哥是我的祖父，這種關係稱爲姪孫女。」

菜摘是這棟房子的屋主伊岡澪的姪孫女，平時在這裡照顧澪婆婆，於是我想起加納他們曾經提到「她還僱用了幫傭」這件事。

「澪婆婆身體不太好，所以就由我來這裡照顧她。我從兩個月前就住在這裡。」

「喔，原來是這樣，我了解妳們的關係了，問題是藍生爲什麼每天來這裡？」

這才是重點。我直截了當地問了這個問題，菜摘很乾脆地回答說：「因爲愛上了啊。」啊？誰愛上誰?!該不會是菜摘？無論是誰愛上誰，難道這是大刺刺地宣布他們在交往嗎？我覺得心都碎了，但菜摘補充說「是澪婆婆」。

「啊？」

「澪婆婆愛上了藍生，對不對？」

菜摘看向藍生問，藍生不甘不願地點了點頭說：

「她說我長得和她的初戀情人一模一樣。」

「只要藍生在，澪婆婆的心情就很愉快，所以就拜託藍生，只要他時間允許，就請他來家裡玩。」

我稍微放鬆了內心的緊張。那個老婆婆的初戀情人？藍生來這裡是為了讓老婆婆高興？

「只要藍生在這裡，澪婆婆的食慾就會增加，所以現在就請藍生也來這裡一起吃早餐。不好意思，讓妳擔心了。」

菜摘露出滿臉歉意的表情，我慌忙鞠躬說：「不不不不！是我很抱歉。」藍生心地很善良，一定覺得既然只要自己出現，就能夠讓老婆婆更有精神，所以就每天來這裡。我能夠理解這件事。

「加代從小做事就很衝動，而且妳這是在變裝嗎？妳平時不是都穿一些讓人眼花撩亂的原色系衣服嗎？」

藍生打量著我的服裝，冷笑一聲說：「感覺像大叔的衣服。」我用力皺起眉頭回敬他。

我雖然能夠理解，但是藍生應該喜歡菜摘吧？

雖然我很想這麼說，但又說不出口，只能把話吞回去。藍生再怎麼善良，也不可能只爲了一個老婆婆每天來這裡。藍生從小嗜睡如命，對他來說，早起一個小時絕對很痛苦。既然他能夠每天堅持，絕對是因爲想要見到菜摘。因爲我和他從小一起長大，看到他剛才的背影，就可以知道這件事。

不知道藍生是否察覺了我的視線所代表的意義，還是他果然心虛，他手足無措起來，然後說了一句無關緊要的話。「妳幹嘛？我吃完早餐後，就會去學校上課。」

「好了好了，加代，既然妳來了，就和我們一起吃早餐吧，反正多一個人吃飯也完全沒問題。」

菜摘邀請我一起吃早餐，爲我們調停，我看著她親切的笑容。

「我的味噌湯超好喝的，我自己都很自豪。」

菜摘豎起大拇指說，我發現她右耳的耳環中，有一個我喜愛的品牌推出的耳環。去年情人節的限量巧克力怪獸在她的右耳晃動。

哇，我有一種不祥的預感。如果進一步認識菜摘，我可能會很喜歡她。她的髮型和髮色，還有戴了淡棕色隱形眼鏡的眼睛很美，聲音很可愛，說話又很乾脆，集中了所有我喜歡的要素。

不行不行，我怎麼可以喜歡情敵？

但是，我也很好奇愛上藍生的澪婆婆是什麼樣的人。她是什麼樣的老婆婆？我正在猶豫，菜摘回頭看向室內說：「啊，我該去叫澪婆婆起床了！藍生，你上課也快遲到了。趕快趕快，你們都快進來！」

菜摘立刻轉身跑回屋內。我目送著她的背影，藍生對我說：「進去吧。」

我轉頭看向他，他低下頭，一臉尷尬地說：

「對不起，我沒想到妳會這麼擔心。」

藍生很會做人。每次遇到這種狀況，他都會乖乖道歉。

雖然我從小到大都和藍生在一起，但是從來沒有看過他的叛逆期。我在國中二年級時進入叛逆期，第二次叛逆期語錄排行榜前五名——我又沒有要你們生我。煩欸，老太婆，別跟我說話——諸如此類的話都曾經說過，但藍生總是露出不屑的眼神看著我，不悅地對我說：「妳很丟臉欸，雖說是成長必經的過程，但我不覺得必須把自己的不滿和憤怒發洩到別人身上。」我忍不住反駁：「你遲早也會無法控制內心的煩躁。」他當時對我搖了搖頭說：

「我並不是沒有這種衝動，只是覺得發洩在別人身上很丟臉，我不喜歡這樣，這是美感的問題。」

你這個不課金的阿凡達遊戲和我談美感？我忍不住火大，但又覺得他說的話很有道理，所以我的叛逆期只維持了兩個星期就結束了。

不好意思離題了。藍生能夠爲了別人克制自己的衝動，所以即使他對我很生氣，但還是向我道歉。

「我才要爲一路跟來這裡向你道歉。」

我也坐立難安地鞠躬說道。藍生露齒一笑，他的笑容讓我心頭一震。

「在澪婆婆面前，就說妳是我的妹妹。」

「妹妹？不能說是青梅竹馬嗎？」

「青梅竹馬這個字眼有點那個。雖然也可以說妳是我的女性朋友，但這也可能引起她的嫉妒心，所以就說是妹妹。另外，無論她用什麼方式叫我，妳都假裝沒聽到。總之，妳要聽我的。」

藍生脫下鞋子，熟門熟路地走了進去。我慌忙追了上去。

差不多十六坪大的房間中央，放著很厚實的桌椅。地上鋪著長毛地毯，桌子旁有四張看起來很柔軟的皮革椅子，簡直就像是昭和年代的電視劇，身穿和服的千金大小姐會坐在那裡喝紅茶的場景！有很多蕾絲的桌巾，和放在桌子中央的一朵白玫瑰，更增添了這種感覺。房間角落有一個和以前小學教室內也有的達摩火爐[13]，火爐上的茶壺正咻咻地冒著熱氣。因爲一路跟蹤而冰冷的身體漸漸暖和起來。

虛掩的紙拉門外是簷廊，簷廊外是庭院，庭院幾乎沒有整理。因爲目前季節的關係，庭院內並沒有雜草叢生，但有很多枯草，地面也有些地方凹凸不平。用石頭建成葫蘆形狀的水池內，積滿了綠色中帶著棕色的水，看起來不像池塘，

13 一種鑄鐵加熱器具，具有三件式結構：上板、達摩爐上部、下部。

更像是池沼。

「坐吧坐吧！我馬上就準備好了。」

菜摘穿上了圍裙，拿著很大的托盤走了過來。我聞到了味噌湯香噴噴的味道。

「澪婆婆馬上就來了，趕快坐下吧。」

「呃，我來幫忙。」

我突然上門當不速之客，而且還讓人家請吃早餐，實在太過意不去了。我提出這個要求，菜摘笑著說：

「不用不用，不然澪婆婆會生氣。來，坐下吧。」

菜摘指著椅子說，我不知所措，這樣真的好嗎？藍生指著椅子說：「妳坐我旁邊。澪婆婆的想法很傳統，她會生氣地說，怎麼可以讓客人幫忙準備！我之前也這樣。」

「是喔。」

我坐了下來，發現椅子果然很舒服，但是總覺得自己闖入了不該來的地方，所以有點坐立難安。不一會兒，早餐就準備好了。剛煮好的白飯、海帶芽豆腐味噌湯，烤味噌鮭魚，還有高湯煎蛋捲和醬菜。

「看起來好好吃。」

我想起自己今天早上除了奶茶以外，還沒吃任何東西。這時，肚子發出了咕嚕嚕的聲音，菜摘豎起大拇指說：

「太讚了！我最喜歡這個聲音，這可不是想要捧場就可以發出的聲音。」

她嘻嘻地笑了起來。看著她的笑容，我心想慘了，我眞的可能會喜歡她。藍生看人眞有眼光，如果他看上了這樣的對象，我就眞的束手無策了。

這時，紙拉門打開了，一個身材高大的老婦人走了進來。雖然她上了年紀，但身體很粗壯，一頭雪白的頭髮剪得很短。如果看背影，的確可能會誤以爲是男人，但是她的臉很有女人味，眉毛畫出柔和的弧度，嘴唇擦了淡淡的粉紅色口紅。她穿著酒紅色針織套裝，胸前別了一個白色山茶花胸針，更是一眼就能看出她是女人。

雖然是大清早，但她皺著眉頭，看起來很疲憊，只是一看到藍生，立刻露出了欣喜的表情招呼說：「正臣，早安。」她的聲音很沉穩，更增添了溫柔老婦人的感覺。誰說她很粗獷？她只是很高大而已。不對，誰是正臣？

「澪，早安。」

「不好意思，讓你久等了，來來來，趕快吃早餐吧。」

她急忙在藍生對面坐了下來，看到坐在藍生身旁的我，臉上的表情立刻變了，眼眶濕潤，好像隨時快哭出來了。

「她是誰？正臣，這是怎麼回事？你爲什麼帶這個女人來這裡？」

「她是我妹妹。」

即使看到她翻臉像翻書一樣的表情變化，藍生仍然不慌不忙，面帶笑容地說。

「她叫加代，是比我小一歲的妹妹。」

「……啊啊，啊喲，原來是你妹妹！這、這樣啊。」

她就像鮮花綻放般，露出了開朗的表情。她笑著向我微微欠身，用柔和的聲音對我說：「我是伊岡澪，我是妳哥哥的朋友。」

「呃，妳好。我是、加代。」

她的彬彬有禮讓我有點吃驚，我也鞠著躬向她打招呼。澪婆婆雙手合在胸前，露出微笑說：「你介紹你妹妹和我認識，眞是太高興了，正臣，謝謝你。」

「加代也說想要見妳。加代，對不對？」

藍生催促道，我點了點頭說：「對，是啊。」

「啊啊，今天感覺會有好事發生。栞摘，我們來吃早餐。」

「好啊好啊。」栞摘回答，我們四個人一起圍坐在餐桌旁。雖然是我突然闖進來，但還是對眼前的發展感到不知所措。我覺得好像不應該在沒有了解情況和作任何準備的情況下來這裡。

雖然有點坐立不安，但還是吃完了美味的早餐。這時，藍生慌忙站了起來：

「慘了，已經這麼晚了。對不起，我要去學校了，呃，加代，妳就回……」

藍生還沒有把「回家」兩個字說完，栞摘問我：「妳要不要在這裡等呢？我完全不介意，正確地說，我們目前正在斷捨離，如果妳願意幫忙，那就太好了。」

看到她親切的笑容，我陷入猶豫，不知該怎麼辦，澪婆婆尖聲說：「妳怎麼可以對客人提出這種要求？這可不行！」

「啊喲，我這麼做可是爲了妳。妳說要斷捨離，但每次都很快就放棄了，所以我在想，是不是有聊天的對象比較好？」

「啊喲，妳怎麼這樣說話！不過……有道理。加代，既然妳都來了，可以在這裡等正臣，我也剛好可以和妳聊天。」

澪婆婆合起雙手拜託，藍生慌了起來。

「啊？等一下，等一下，我不能讓加代留在這裡。」

「正臣，你不必擔心，我不會欺負加代，沒關係啦。」

「對啊，加代，妳說呢？」

兩個女人都拉著我的手，藍生嘆著氣。我知道他很不希望我留下來，很擔心他不在的時候我會亂說話，但是我對兩個女人鞠躬說：「那就謝謝兩位的好意。」

「加代！妳！」

「哥哥，路上小心。」

我模仿朱莉向他揮手，藍生露出很生氣的表情。「火大！」兩個字好像快從他的臉上蹦出來了，但他快遲到了，所以只能作罷。他用比平時粗暴的動作拿起了書包和外套走了出去。哼，眞是乖學生。

目送藍生離開後，菜摘問：「妳眞的願意幫忙整理嗎？因爲澪婆婆向來不喜歡丟東西，所以這棟房子都快被她塞滿了。現在我們兩個人每天都在整理，但遲遲整理不完，啊哈哈。」

菜摘笑了起來，我點著頭說：「好啊。」機會難得，我要利用這個機會問她們藍生都在這裡幹嘛。

伊岡家有兩個房間幾乎變成了倉庫，兩個房間都有很多灰塵，而且幾乎連站的地方都沒有，有點像之前在電視上看過很多次的「垃圾屋」。

「東西好多啊。」

「因爲她連別人送她的小禮物，或是不再穿的衣服都捨不得丟，上次丟了一個衣櫃，裡面全都是澪婆婆的媽媽留下來的和服，並不是高級和服，眞的是平時穿的那種很普通的和服，而且上面還有醬油的污漬。澪婆婆個子很高，沒辦法穿那些和服，所以早就該丟掉了，但她就是捨不得丟。雖然我也不是不能理解她的心情。」

「這樣啊……那這些呢？」

腳下堆了許多檔案夾，我撿起了其中一本。沉甸甸的檔案夾貼滿了第二代中村吉右衛門的剪報，從雜誌的特集報導，到報紙角落只有幾行字的新聞，都細心地貼在上面。

「這就是時下所說的『追星』行爲留下的，但是她還有很多其他『追星』

的對象。這幾年因爲老花嚴重，所以就不再蒐集剪報，只不過目前爲止的份量很驚人。妳看，這些是基努・李維。」

我隨便看了一下，就發現中村吉右衛門的檔案夾編到十二號。基努・李維的有十六本。雖然不知道她到底追了多少明星，但檔案夾的數量很驚人。我忍不住抖了一下，菜摘語不驚人死不休地笑了笑說：「我會借妳圍裙，妳就可以安心地讓自己全身沾滿灰塵了。」

好，開始工作了。把椅子放在房間角落，請澪婆婆坐在椅子上。菜摘想出來的斷捨離方式，就是把東西出示在澪婆婆面前，由她確認「需要」或是「不需要」，逐漸清理房間內的東西。

「她確認之後，就把東西丟在這個『不需要的物品箱子』裡。『需要的物品箱子』在這裡，另外，即使是不需要的東西，如果可以賣錢，就放在這個衣物箱裡，所有的箱子都會再搬去其他房間，到時候請業者來回收。」

澪婆婆打量房間後，噘著嘴說：「雖然我知道必須整理，但還是提不起勁，眞希望可以全都帶去那裡。」

「不可能，這樣棺材裡就沒妳躺的位置了。」

菜摘用嚴厲的語氣說著很刺耳的話，澪婆婆的嘴噘得更高了。

「菜摘，妳知道嗎？其實棺材的空間很小，我之前曾經試躺過，空間實在太小了，我差一點叫起來。我不想躺在那麼小的空間，也不想沒有任何東西陪葬。大家都在棺材裡放什麼？以前都放鮮花。」

「現在基本上也都是放鮮花。」

「原來現在也一樣，但是我有花粉症，絕對不想要鮮花。既然這樣，那就放滿用蠶絲布料或是柯根紗做的花！菜摘，妳可以幫我做嗎？」

「我的手沒這麼巧。」

「唉，眞是沒用！唉，如果不是因爲老花，我可以自己做！」

澪婆婆感覺和剛才吃早餐時不一樣。吃早餐的時候，她都露出優雅的微笑。

我看向菜摘，她可能猜到了我想說的話，露出調皮的表情說：「這才是她眞實的樣子，只有在那個男生面前會裝乖。」

「不要說我裝乖！妳眞是沒禮貌，任何人都希望自己喜歡的人也喜歡自己。」

澪大聲抗議，然後又害羞地笑了起來。

「眞是不好意思，但是我想妳應該可以理解，我希望自己可愛一點。我這種長相，而且個子又很高，如果舉手投足不優雅一點，就無法給別人留下好印象。」

吃早餐時，聽說澪婆婆今年七十八歲。她的年紀是我的好幾倍，看起來個性很強，但是她在說話時，越看會越覺得她很可愛。

「我懂我懂，任何人都希望給喜歡的人留下好印象。」

我完全能夠理解她的心情。如果藍生喜歡我，我以後再也不會在他面前扮鬼臉，不，我以後不會在他面前扮鬼臉了，要一直維持很酷的表情。

「但是，現在不必思考要帶什麼東西進棺材這種問題吧。」

澪婆婆看起來很健康，早餐也都吃完了，走路也很穩健，沒想到她聽了我的話，緩緩搖著頭說：

「我得了癌症。」她說話的語氣很乾脆，「所以我活不了多久，現在必須慢慢開始處理自己的後事。」

我驚訝地說不出話。菜摘接著說：「雖然妳可能無法相信，但眞的是這樣。澪婆婆四月之後，就要去住有臨終關懷的安養院了。」

「啊？不可能吧？」

「這種事怎麼可能騙人？別看我這樣，我以前是護理師，所以在澪婆婆去安養院之前，由我在這裡陪她，同時照顧她的身體狀況。」

菜摘若無其事地說。

我聽過臨終關懷，那是讓末期病人能夠活得更有生活品質的地方。兩年前，和我們同住的奶奶得了乳癌，雖然努力和疾病奮鬥，最後還是住進了安寧病房。之前奶奶不是痛苦地發出呻吟，就是因爲藥效太強而昏昏沉沉，只有住進安寧病房後，終於在最後度過了短暫的平靜時光。

但是，澪婆婆和奶奶完全不一樣。菜摘聽了我說的話，看著澪婆婆說：「她最近的狀況的確不錯。」澪婆婆悠哉地說：「不知道是不是戀愛的效果，我從正臣身上得到了不少活力，每天早晨起床都很開心，而且很期待傍晚的時間，我很久沒有這種感覺了。」

「是啊，他每天都來這裡，妳沒有理由精神不好。」

兩個人聊得很溫馨。

我忍不住深刻反省。原來藍生並不是因爲暗戀菜摘，所以每天來這裡，原來他眞的是爲了澪婆婆而來。藍生，對不起，我竟然用扭曲的眼光看待你的善良。

「廢話少說，趕快開始整理！」

菜摘「啪啪」地拍著手宣布。我覺得至少該幫忙做事，於是很有精神地回答：「好！」

整理了兩個小時左右，原本心情愉快地哼著松田聖子[14]歌曲的澪婆婆開始打瞌睡。菜摘對她說：「妳先去休息吧。」然後帶著她走去臥室。菜摘很快就走了回來，一臉落寞地說：

「她的體力不如以前了，再加上藥物的副作用，平時差不多這個時間就會回房間睡覺。那我們把這裡整理一下，就暫時結束。」

菜摘把散亂在地的書放回書架，我也一起幫忙。

「對了，澪婆婆今天完全沒有說過一次『需要』。」

寫著大大的『需要的物品』的紙箱內完全沒有任何東西。

「嘿喲。」菜摘抱起幾本書，瞥了我一眼，輕輕笑了起來，「妳也發現了嗎？這其實就像是以挑選爲名的儀式。我已經和她說好了，要把所有的東西都丟掉。」

「儀式……？」

「這麼多東西，都是澪婆婆之前認爲有需要而留下的，也就是她漫長人生的痕跡。現在所做的事，就是讓她和她人生的痕跡道別的儀式。」

菜摘又拿起幾本書，用雙手緊緊抱在胸前。

「除了重要的東西……像是證書或是存摺之類的東西以外，至今爲止，她從來沒有說過『需要』。下個月底，她搬離這裡之前，這棟房子都會清空。她打算捨棄所有的東西。」

我忍不住環顧室內。這棟房子要清空？澪婆婆要捨棄自己人生所有的痕跡嗎？

「總覺得、總覺得這樣……」

難過？傷心？痛苦？雖然內心湧起這種鬱悶的感情，但我今天才認識她們，所以我覺得不能輕易發表意見。菜摘代替我說出了口，她小聲嘀咕說：「是不是有一種難過的感覺？我覺得回憶並不是在物品上，但是在觸摸已經死去的母親穿的衣服和檔案夾時，回憶就會甦醒。更何況她之前一直捨不得丟棄，一直

14 日本歌手，是一九八〇年代日本歌謠曲全盛時期時最具影響力、唱片銷量最高的偶像歌手之一。

留在身邊。現在卻必須要丟棄，眞的會很難過。」

菜摘撫摸著手上那些書的書背。

「但是，我也能夠理解澪婆婆說，必須親自處理自己人生痕跡的心情。因爲眞的很不希望陌生人隨便亂處理那些對自己來說，比生命更重要的東西。我也會覺得，與其這樣，還不如自己親手處理。」

我不知道該說什麼，把手伸向旁邊的書架，拿出封面已經破破爛爛的繪本《幸福王子》。泛黃的書頁有些地方已經破損，有用透明膠帶修補的痕跡。可能看了無數次，想必也有很多關於每次閱讀留下的回憶。

我隨手翻了起來，發現在封底折口的地方，有小孩子寫的一個名字。

「佐藤、正臣……？」

「喔喔，是正臣。」菜摘瞇起眼睛，「他是澪婆婆的青梅竹馬，也是她的初戀情人。聽說在藍生這個年紀的時候發生意外死了，澪婆婆甚至來不及向他告白。」

我突然覺得手上的繪本格外沉重。

之後，我謊稱「媽媽發現我蹺課」，逃離了伊岡家。我很後悔爲了調查藍生的戀愛而輕易跟蹤他，我是個笨蛋，竟然透過「死神婆子」這種愚蠢的濾鏡接近她。我是大笨蛋。我覺得自己的膚淺玷污了澪婆婆寶貴的時光，和守護在她身旁的菜摘的心意。

回到公寓後，我在門口等藍生回家。藍生六點多回來時，看到我站在那裡，露出了驚訝的表情，然後爲難地嘆著氣說：

「聽菜摘說，妳離開的時候感覺快哭了。妳之前被妳媽罵，也從來不會哭，所以是怎麼回事？」

「我好像太魯莽了。對不起。」

我鞠躬向藍生道歉。藍生在那裡扮演一個已經離開這個世界的人，而且是來自生命所剩不多的人的要求。照理說，這並不是能夠輕易接受的事。頭頂上再次傳來嘆息的聲音。

「妳是不是已經聽說了澪婆婆的事？」

我點了點頭，藍生拍了拍我的頭說：「我早就知道妳想了解這件事只是出於好奇，但我也不該偷偷摸摸，所以妳不必放在心上。」

「藍生，對不起。」

「沒關係，但是如果妳眞的感到抱歉，那就參與到底。」

「啊？」我抬起頭，藍生笑著說：「澪婆婆說，希望妳下次再去她家，聽說眞正的正臣也有一個妹妹。」

「正臣……我問你，你爲什麼答應扮演正臣？你怎麼會認識她們？我太驚訝了，來不及問清楚就逃回來了。」

「去我房間再說，」藍生聽了我的問題，指了指電梯，「這裡很冷，加代，妳的嘴唇都發白了。妳這麼怕冷，要找一個暖和的地方等我啊。我的房間雖然很亂，但至少比這裡好多了。」

我已經多久沒去藍生的房間了？「走吧。」藍生說完，邁開步伐，我慌忙跟了上去。

他的房間和我最後一次來這裡時大不相同。他的房間向來整理得很整齊，現在堆了好幾個紙箱，看起來很雜亂。他從小學時開始使用的書桌上，有一隻還沒有雕刻完成的∀鋼彈，這個角色的特徵鬍子，角度雕刻得很完美，但是，他爲什麼要雕刻∀鋼彈？爲什麼放棄佛像，開始雕刻鋼彈？我注視著鋼彈，藍生不知道誤會了什麼，向我解釋說，目前正在做搬家的準備，所以房間很亂，但是說到一半，爲自己說的話感到驚訝，然後看著我。

「啊！這件事、我還沒有告訴妳。」

「你都不告訴我。雖然我已經聽你媽媽說了。」

「啊呀！」藍生拍著額頭。啊呀個屁！我瞪著他。他向我鞠躬道歉說：

「對不起，因爲我不知道該怎麼說，一直在想怎麼說比較好，然後時間就慢慢過去了。」

「你打算什麼時候說？搬家的前一天晚上嗎？」

「不，不至於那麼晚才說，但是，我眞的不知道。」

我坐在藍生的床上，藍生坐在他從小學時就開始使用的椅子上。我們從小就經常這樣坐著玩遊戲、看漫畫，但現在覺得距離太近了。啊啊，原來我們都長大了。我發現了這件事。我們已經長大了，所以無法再像以前那樣輕鬆相處了。我想起了媽媽的擔心，於是把膝蓋稍微往後挪了挪。我總是在緊要關頭退縮，我從小做事就虎頭蛇尾。

「我一直很煩惱，不知道什麼時候說比較好。在見到澪婆婆她們之後，就無暇考慮這件事了。」

藍生結結巴巴開始說明。某天放學時，他看到澪婆婆蹲在車站前商店街入口，渾身冒著冷汗，於是上前關心。他正準備叫救護車，四處找澪婆婆的菜摘趕到了，三個人一起坐上了救護車。

「那天她出門散步，結果身體不舒服。我問她：『妳沒事吧？』她竟然對我說：『正臣，你來接我嗎?!』我大吃一驚。之後菜摘趕到，救護車也來了，我正打算離開，但澪婆婆不肯放開我。」

藍生被情勢所逼，只能一起坐上救護車。澪婆婆漸漸恢復後，他向澪婆婆和菜摘自我介紹，澪婆婆喜不自勝地說：「一定是我的初戀情人投胎轉世了。」

「正臣和澪婆婆從小一起長大，在十六歲時發生意外身亡。她給我看了照片，我覺得比我帥多了，但是澪婆婆說，我們的氣質很像。她說好像回到了少女時代，拜託我說，希望可以讓她叫我正臣。」

藍生抓了抓臉頰。菜摘看到澪婆婆高興的樣子，也拜託藍生說：「可以請你陪她一小段時間嗎？」

「後來，我從菜摘口中得知了澪婆婆的身體狀況，但是，即使沒有聽說這些狀況，即使菜摘沒有拜託我，我也希望可以爲澪婆婆做點什麼。雖然她已經是老人了，但是在我至今為止的人生中，從來沒有人對我露出這麼閃亮的眼神，我第一次體會到被人喜歡的那種心癢癢的感覺。」

藍生害羞地說。藍生絕對不會說，一個老人用那種眼神看他很噁心之類的話，也不會有這種想法，這正是他的優點。藍生向來不會用表面判斷一個人。我在為他感到驕傲的同時，內心深處也感到陣陣發痛。啊啊，如果我的「喜歡」是藍生第一次為別人「喜歡」他感到高興，不知道該有多好。藍生在未來的人生中，可能會有好幾個人「喜歡」他，但是，我多麼希望可以成為他最初的「喜歡」。眞希望我能夠最初發現藍生的優點，告訴他，他身上充滿了讓人「喜歡」的魅力。我感到鼻酸。

「之後，我就去她家玩。澪婆婆很親切，也很善良，有很多可愛的地方。菜摘很有趣，也很迷人，廚藝也很好，她人也很好。」

原來那棟房子裡的兩個人都是藍生的第一次。一個是藍生第一次被「喜歡」的對象，另一個是藍生第一次「喜歡」的對象。好羨慕。我太羨慕了，羨慕得想要恨她們。雖然很想恨她們，但是我一點都不討厭她們兩個人。

「她們四月就要搬離那棟房子，也讓我有一種關於緣分的感覺。雖然我們暫時在一起，但很快就會分離，邁向各自的人生。」

我陷入了嫉妒的漩渦悶悶不樂，聽到這句話，忍不住一驚。

「澪婆婆已經決定要去住安養院，在澪婆婆去安養院之後，茱摘就要去實現小時候的夢想，到比利時留學，以後要成爲畫作修復師。她說，無論到了幾歲，都可以實現夢想。」

原來茱摘也要離開那棟房子，所以四月之後，那棟房子眞的會變成空房子了。我正想著這件事，藍生微微笑了笑說：「然後我就要去福岡了。」

「你非去福岡不可嗎？」

我忍不住問，問了之後，才感到後悔。我不該問這個問題。

「當然啊。」藍生理所當然地說，「家庭的問題，就要全家人一起克服。我是長子，必須支持全家人……啊，我這句話並不是抄襲動畫中的台詞。」

藍生心地善良，這很像是他會說的話。藍生一定會爲家人竭盡全力，做自己力所能及的事。正因爲這樣，一旦他去了福岡，我就再也見不到他了。藍生絕對不會丟下家人，自己一個人來東京。

「我有想要讀的大學，對以後的工作也不是完全沒有規劃，但這些都不是最優先的事，而且我去了福岡，也不代表未來就毀了。我查了一下，發現北九州市是很不錯的地方。生活很方便，也很有歷史，離博多也很近，還有小倉城，我看了照片，覺得很漂亮。對了對了，旦過市場感覺也很有趣，感覺很有味道，一定不會無聊。」

「……但是這樣不就要和菜摘分開了嗎？」

我其實很想說，這樣就要和我分開了。但是，我無法動搖藍生的決心，所以只能努力克制窩囊的心情對他這麼說。

「嗚呃！」他發出比吃最討厭的苦瓜時更大聲的呻吟，「妳說話眞不中聽。但是我很清楚，即使能夠在她身邊，我和她之間也沒有可能。因爲我還太嫩了，無法和她在一起，更何況初戀都無法成功。」

「你說話才眞不中聽。」

胸口一陣劇痛。我覺得自己舉起的刀子刺中了自己。

「我剛才說了什麼不中聽的話嗎？話說回來，妳果然厲害，太了解我了。」

藍生佩服地點了好幾次頭，我不置可否地說：「還好啦。」藍生完全不了解我。

「先不說我的事，接下來一個多月的時間，可以請妳一起幫忙嗎？我希望澪婆婆能夠保持平靜快樂的心情。」

我想起澪婆婆和菜摘的臉，然後又看著眼前的藍生，感受著原本揮起的刀子立刻刺回自己胸口產生的疼痛，緩緩地點了點頭。藍生露出喜孜孜的表情，笑著說：「謝謝。」

✦

於是我開始了每天放學後，直奔伊岡家的日子。週六和週日時，我和藍生從早上就一起去那裡，協助澪婆婆斷捨離。

和他們相處一段時間後，我發現澪婆婆很少在藍生面前聊自己的事。我問了其中的原因，原來是因爲「向至今仍然維持年輕狀態的初戀情人，訴說已經變成老太婆的自己人生中曾經發生的事，不是會很丟臉嗎？會讓對方覺得自己老了」，我覺得她這種少女情懷的羞澀很可愛。

只有在藍生因爲學校有事晚到，或是我蹺課早去的時候，她才會和我聊她的過去。

「在我的人生中，只喜歡過兩個男人，就是正臣和二十三歲時結婚的丈夫，但是，我和這兩個男人都沒有完美的結局。正臣英年早逝，和相親時一見鍾情的丈夫也無法廝守到老。我無法生孩子，曾經去看了有名醫的婦產科，聽說有容易懷孕的食物，就每天都吃。雖然我自認很努力，但還是無法成功懷孕，然後丈夫和在外面交往的女人生了孩子。那個女人的事眞的很過分，竟然是當時還健在的公婆偷偷介紹給我丈夫認識的！說是他們很想抱孫子，所以拜託那個女人幫他們生孩子，然後那個女人也眞的懷孕了。我的前公婆來向我道歉說：『我們家需要繼承人，這也是情非得已，所以請妳退出。』然後付給我一大筆贍養費，這棟房子也是其中一部分。在那個年代，如果女人生不出孩子，被迫離婚也是理所當然的事，在那種情況下，他們還算是善待我。」

「或許是因爲時代的關係，但還是無法原諒這種事。既然無論如何都想要繼承人，就應該先和妳溝通，或是採取什麼措施。」

菜摘不停地甩著手上的木芥子[15]人偶，義憤塡膺地說，我也深深點頭。

15 源自日本東北地區的人偶，以木頭製作，有著簡單的肢幹、沒有手腳，以及刻意放大的頭部，配上幾條用以表示臉部的線。

「是啊，凡事都有順序！」

那天是星期六，藍生因爲要準備搬回福岡的事，所以只有我們三個人進行斷捨離的作業。當我發現一個包裝還沒有拆開的襁褓[16]，澪婆婆開始訴說往事。

「加代，妳找到的那個襁褓，是我原本準備送給我丈夫的。大家都很生氣地對我說，我沒必要做到這種程度，所以我就藏了起來，最後並沒有交給對方。」

「澪婆婆，妳周圍的那些人說得沒錯，而且這麼不吉利的東西，怎麼可以珍藏到今天？」

棻摘把我手上的襁褓連同盒子一起丟進了不需要物品的箱子。「唉。」澪婆婆一臉落寞地注視著，然後喃喃地說：「無論如何，那是我曾經愛過的人，他的基因可以留給下一個世代，不是很美好的事嗎？我無法把他的基因留給下一個世代，所以希望至少能祝福他。」

我看著澪婆婆的臉，什麼話都說不出來。這是很淳樸的問題，我在遙遠的未來，才會遇到這個問題，但是也許我在日後的某一天，也會爲這個問題煩惱。媽媽曾經難過地對我說，其實她很想再生一個孩子，只是無法成功。雖然媽媽覺得有我，就很幸福了，但還是很希望看到長得和爸爸很像的兒子……媽媽在說這番話時的聲音，好像隨時快哭出來了。

對了，之前有人叫澪婆婆是「死神婆子」。我想起了這件事。我記得是加納提起這件事，只是現在我連他長什麼樣子都想不起來了，還說她失蹤丈夫的屍體就埋在這棟房子的庭院。

加納，這個八卦也太無聊了。

澪婆婆完全沒有做錯任何事，只是她的丈夫另結了新歡。澪婆婆根本是受害者，她的丈夫才應該受到指責。

「但是妳的前夫很幸福，前妻還對他這麼好，他現在可能已經抱孫子了。」

被拋棄的妻子至今仍然被人指指點點，眞希望她的前夫也遭遇一點不幸。不，我希望他不幸。我隱藏了內心這些負面的感情說道，栞摘皺起了眉頭。我忍不住慌了神，以爲自己不小心說出了內心的眞實想法。澪婆婆露出難過的表情說：「他失蹤了。」

16 背負幼兒的布條和小被。

「啊？失蹤？呃，妳是說，不知道他住在哪裡嗎？」

「他在那個嬰兒出生之前就不見了。」

眞的假的！原來她的丈夫眞的失蹤了！

我驚訝得說不出話，菜摘對澪婆婆說：「我聽說找了很久都沒有找到，在失蹤的十年後，宣告他失蹤了。」

「是啊，爲我丈夫生孩子的那個女人上門來鬧，說是不是我對丈夫做了什麼……結果就出現我殺了丈夫的傳聞，搞得雞犬不寧。」

哇！原來那個傳聞並非完全空穴來風。我太驚訝了。

「我和丈夫圓滿離婚了，但是聽到別人這麼說，實在太難過了。」

「我爺爺當初也協助調查，說他不想再被家庭綁住，他已經完成了傳宗接代的任務，所以去美國當舞者。我爺爺很生氣地說，雖然很同情他，但也覺得他太不負責任了。」

菜摘說完，又氣鼓鼓地對我說：「澪婆婆因爲這件事，被附近的人稱爲死神婆子，眞是太失禮了！」

「唉！眞的很缺德！」

我和菜摘一起表示憤慨，內心恍然大悟。俗話所說的「疑心生暗鬼」，應該就是用在這種場合？

「別生氣了，別生氣了，都是陳年往事了，一切都結束了，當時受的傷已經不會再痛了。」

澪婆婆露出微笑。我覺得她的笑容很虛幻，我忍不住握住了她的手。

「咦？加代，怎麼了？」

「沒事，只是想牽妳的手。」

我無法告訴她，因為我覺得她好像快消失了。我只能笑著掩飾，澪婆婆像往常一樣，發出了「啊呵呵」的笑容。菜摘揮出直拳打向「不需要物品」的箱子說：「那種狗屎傳聞，眞希望趕快遺忘。」

「聊天太開心了，我累了。」澪婆婆說，然後就去休息了，於是我和菜摘把「不需要物品」箱子裡的東西搬去了其他房間。

箱子裡有好幾本相簿。因為一直堆在那裡，所以都是灰塵的味道，翻開時，用膠水黏住的頁面都發出啪哩啪哩的聲音。

在那些黑白照片中，看到比菜摘目前的年紀稍長的澪婆婆。也許是因為她身材緊實，姿勢挺拔的關係，看起來很美。她穿上合身長褲套裝的照片，看起來就像模特兒般瀟灑，但也有穿著飄逸的花卉圖案洋裝的照片，充分襯托了澪婆婆的氣質。

「比澪婆婆高一個頭的人就是我爺爺。」

菜摘探頭看著相簿說：

「也就是澪婆婆的哥哥，我爺爺開公司，澪婆婆離婚之後，在我爺爺的公司當行政人員維持生計，雖然她的外表很容易讓人誤會，但她不是一個很出色的女人嗎？所以有人喜歡她，也有條件很不錯的人想和她相親，但是她都拒絕了。」

我又翻開一頁。上面有許多澪婆婆。

「哇，妳看這張照片，應該是在辦公室拍的，辦公桌上堆滿了菸蒂！這張照片更是煙霧彌漫，現在很難想像這樣的工作環境。」

「啊！這裡不是吸菸室嗎？」

「那個時代根本沒有吸菸室這種地方，那時候有很多以目前的常識難以想像的事。女人獨立生活這件事本身就很辛苦。」

「以前的生活這麼辛苦嗎？」

「好像是這樣，我媽媽雖然比澪婆婆年輕一個世代，但連她也不時抱怨說，只因爲自己是女人，就承受了痛苦。我也不止一次被催婚，被說教，希望我趕快生兒育女。現在已經是令和時代了，都還會聽到這種話，所以澪婆婆應該承受了更多痛苦。」

澪婆婆在照片中總是面帶笑容，但是笑容中總是帶著一絲寂寞。我問菜摘，是不是反映了澪婆婆在那個時代的生存不易？菜摘摸著照片中澪婆婆的臉說：

「不，她應該眞的很寂寞。她一直獨自住在這棟房子，是因爲在痴痴等待失蹤的丈夫回來。也許有一天，他會回到自己身邊，她想要在這裡等待丈夫厭倦了在異國的生活後，回到她的身邊。」

「啊？但是她的前夫不是已經讓其他女人懷孕，而且就這樣不告而別嗎？」

我難以相信。如果是我，對方回來找我，我一定會用粗鹽撒在他身上，搞不好還會在粗鹽中加一些小石頭。

「這應該就是喜歡吧。」菜摘的聲音變得柔和起來，「所以就會原諒對方。」

是這樣嗎？我搞不懂。雖然我才剛意識到自己喜歡了一個人，但是還搞不太清楚喜歡這件事。

「……因爲『喜歡』，所以即使她感到寂寞，即使被不認識的人稱爲死神婆子，她仍然留在這裡嗎？『喜歡』是這麼痛苦的事嗎？」

我忍不住問了這個問題。如果眞的這麼痛苦，我不想知道。我的「喜歡」會爲我帶來痛苦嗎？雖然我現在也感到痛苦，也覺得寂寞，但是和澪婆婆的「喜歡」相比，就眞的不足掛齒了。

「妳不可以還沒有開始喜歡就害怕，而且每個人戀愛的情況不一樣。」

菜摘呵呵笑了起來，用力摸著我的頭說：「妳眞可愛。這就像騎腳踏車，有人可以騎得很好，但有人跌倒很多次。有些人明知道自己無法駕馭那輛腳踏車，但是仍然很執著，覺得非騎那輛腳踏車不可。澪婆婆就屬於這種執著型的人。」

非那輛腳踏車不可。我是這樣嗎？雖然現在覺得非藍生不可，但是也會對新的腳踏車產生心動的感覺嗎？我不知道。

我又啪哩啪哩地翻開其他相簿。那本相簿中是澪婆婆婚禮的照片。澪婆婆穿著日本傳統婚禮服裝的白無垢和服，身旁站了一個相貌堂堂的男人。那個男人完全沒有緊張的樣子，很多照片上都留下了他開朗的笑容。這個人就是澪婆婆持續等待的丈夫……

「這本相簿不用再向澪婆婆確認一次嗎？也許她想要留下來。」

「婚禮的照片嗎？不用再給她看沒關係，上次她把新婚旅行的相簿都丟了。他們當時去環遊九州。」

菜摘從我手上接過相簿，丟進了可燃垃圾堆裡。

「……我搞不懂，澪婆婆就這樣輕易丟棄讓她執著多年的『喜歡』嗎？」

我不知道澪婆婆到底等了那個失蹤的丈夫多少年，但是絕對比我的人生更長，如今，她要丟棄漫長歲月累積的感情和回憶。

「既然她的『喜歡』這麼重要，爲什麼現在要丟棄？丟掉所有回憶的東西，不是等於丟棄曾經有過的感情嗎？」

「不不不，並不是丟棄。」菜摘在我面前蹲了下來，「即使不再等待，即使割捨那些痕跡，至今爲止所發生的事並不會消失。曾經的等待，曾經的擁有，都是存在於內心的事實。澪婆婆目前所進行的『人生整理』，就是把所有的一切都收進自己的內心，把四散的東西收進心裡。」

「收進心裡？」

「對，像是喜歡或是回憶之類重要的感情，之前都寄託在隨手可以拿到的物品上，但現在要收納進自己的心裡好好珍藏，就是這裡。」

菜摘的雙手放在自己胸前。

我還是搞不懂，於是沉默不語。短暫的沉默後，菜摘再次在我身旁坐了下來，從圍裙口袋裡拿出兩顆檸檬糖，把其中一顆放在我手上。

「妳不了解也沒關係，因爲我們會在接下來的人生中，獲得各種不同的東西，也會不斷拓展情感和人生，根本不可能完全了解努力了一輩子、正在整理人生的人的想法。認爲自己能夠完全了解是一種傲慢，所以不了解也沒關係。」

整理人生。這件事聽起來太寂寞了，而且離我太遙遠。我剝開了檸檬糖的包裝紙，把糖果放進嘴裡。甜甜的，但是有一點酸味。

傍晚時分，藍生也來了。他害羞地對澪婆婆說，想來看看她，但我眼尖地發現他瞄了菜摘一眼。搞什麼嘛，竟然變成了懷春少年。我對自己天眞地爲藍生來了這件事感到欣喜的自己感到空虛。

「今天晚上，我們四個人來吃壽喜燒。因爲我有額外收入。」

澪婆婆舉起一個信封。那是從追星檔案夾中發現的，裡面裝了現金。信封上寫了「犒賞」兩個字，我問了澪婆婆，她告訴我「沒有人會給我驚喜，所以我都會爲自己準備禮物」。她說自己多年來，會把錢和小東西藏在家裡很多地方，當自己忘記之後發現，就會爲此感到驚喜。她會爲自己製造這種小樂趣也很棒，我又再次喜歡上她。

「太好了，我最愛吃肉了！那要去商店街採買！」

菜摘確認冰箱內食材的同時列了清單，藍生舉起手說：「我去買。我今天完全都沒幫忙，白吃白喝太不好意思了。」

「呃，那我也一起去！而且我中午也讓妳們請了午餐！」

午餐的時候，她們請我吃了外送的頂級天丼。我第一次吃到那麼大的炸蝦，簡直好吃死了……菜摘把信封和清單交給我們說：「那就拜託你們。」於是我們一起走去商店街。

深紅色的天空遠方漸漸暗了下來，不知道哪戶人家的院子飄出了梅花香氣。我和藍生一起走在這片住宅區，邊走邊聊著澪婆婆的事。我告訴藍生，澪婆婆的丈夫失蹤了，她的青梅竹馬意外身亡，她獨自在艱困的時代活了下來。如今必須整理自己人生努力痕跡的悲哀。雖然我無法充分表達，只能說出自己的感受，藍生默默地傾聽著。

「感覺我因此有機會好好思考生存、人生……還有喜歡別人這些問題。」

「因爲妳碰觸到另一個人的人生，當然會有很多想法。」

藍生平靜地說。

「我很慶幸遇到澪婆婆，人生的前輩會用他們的生活方式教會我們很多事。我無法看到她的內心深處，我猜想她內心有很多糾葛，但是，她仍然努力保持高潔，我喜歡這樣的她，也很崇拜她。」

「努力保持高潔嗎？」

我覺得這句話的確是澪婆婆的寫照。她在說「不需要」那些東西時，看起來很悲傷，也很寂寞，但是她絕對不會讓別人感受到她的深厚感情，總是很快就露出笑容。

「她生了病，甚至看到了生命的終點，但是仍然努力保持健全的心。她眞的很了不起，我爲自己帶著輕率的心情雕刻佛像感到羞愧。」

「所以改成∀鋼彈嗎？」

「啊？不是啦，那只是我最近剛好重看，覺得還是超帥。」

「什麼嘛，你也太單純了。」

我走在藍生身旁，我們放聲大笑。我抬頭瞥向身旁，藍生就在那裡。

我們從小到大一直都是這樣。我們經歷了相同的事，看了相同的風景，然後說出各自的想法，一起長大成人。我們也一起回首往事，相互微笑著說「好懷念」時，彼此眼前的風景應該也一樣。我們曾經走過的人生軌道幾乎重疊，但是日後將分道揚鑣，各奔前程。

好寂寞。太寂寞了。我希望一直和藍生在一起。我希望以後能和他看相同的風景，有相同的感受。

「藍生。」

在我叫他名字的下一剎那，聽到一個響亮的聲音叫著：「加代！」我驚訝地看向聲音傳來的方向，發現金文和一個我曾經見過的男生站在一起。金文用力向我揮手，「這不是加代嗎？妳在約會？厲害喔。」經過的人都看著我們，我的臉一下子發燙。

「喂！金文，妳在說什麼啊！」

「啊！浦部！」金文身旁的男生指著藍生叫了起來，「就是上次說的死神婆子的……」我仔細一看，那個男生就是上次在ＫＴＶ時一直黏在金文旁的那個人。金文一臉不耐煩地皺起眉頭問那個男生：「啊？你在說什麼？」隨即露出恍然大悟的表情叫了起來：

「啊！我想起來了！哇，加代，妳太強了！妳眞的說到做到，把妳心愛的青梅竹馬搶回來了！」

「什麼？」站在我身旁的藍生小聲嘀咕著。

太糟了。簡直糟透了。沒想到竟然以這種方式被藍生知道。

那天在ＫＴＶ時，爲了感謝那幾個男生提供消息，我和其他人一起歡唱炒熱氣氛，同時爲了激勵自己，我握著麥克風大喊著：「我不會讓別人把藍生搶走！」「我的青梅竹馬屬於我！」金文聽到之後，也一搭一唱地說：「把他搶回來！」於是我對所有人宣布：「你們看著吧！我絕對要讓初戀開花結果！」我完全忘了這件事。

「加代，恭喜妳，太棒了！」

「加小代，妳眞的在和浦部交往嗎？嗚哇，太好笑了。浦部，我眞搞不懂你的眼光。」

「啊？你在說什麼？加代可是我的朋友。」

「啊，不是啦，要怎麼說，她和普通的女生不太一樣，對吧？」

「對你個頭啦！」

他們兩個人快吵起來了，但是這種事並不重要，我不敢看身旁的藍生。

「我聽不懂你們在說什麼，但我和加代並沒有交往。」藍生語氣堅定地說，「加代是我的青梅竹馬，就只是這樣而已。」

藍生說完後，對我說了聲「加代，走吧」，然後就邁開了步伐。

「啊，對不起！這傢伙眞的口不擇言。喂，你趕快道歉啊！」「啊、啊，加小代，對不起。」「誰說你可以隨便叫她加小代！」

金文他們慌了手腳地爭執起來，藍生完全不理會他們，轉身離開了。

「呃，那我先走了！」

我根本無暇理會驚慌失措的金文他們，跟著藍生一起離開。

藍生走得很快，我只能小跑著追上去。我不知道該說什麼，只能對著他的背影大聲說：「對不起。」藍生猛然停下了腳步。

「呃，藍生，對不起。」

「……妳是不是誤會了？」藍生頭也不回地問，「因為我們一直在一起，所以妳是不是誤會了這種感情？」

「不是！」

我忍不住大聲回答。

如果只是誤會，心是不會痛的，也不會因爲他對我露出笑容就心跳加速。而且我現在這麼痛苦，絕對不是誤會，我內心的感情，絕對不是誤會。

「不要。」

聽到他靜靜的說話聲，我的心都碎了。

「我不要妳對我有這種感情。」

我無法承受他的第三次「不要」。我轉身衝了出去。

我一邊跑，一邊發現原來這種時候不會流淚。不要說流淚，連聲音也發不出來，只是一心想要遠離我遭到拒絕的地方，所以兩條腿拚命地跑。啊，如果我可以跑得比音速更快就好了，就可以擺脫那個瞬間，就可以逃離那個瞬間。

我和路上的行人擦身而過，也可能跑過了金文他們身旁，我超越了一切，想要跑去一個沒有人的地方。

「加代。加代！」

當我拋開了一切之後，看到澪婆婆在向我揮手。

她悠哉地向我揮手，我猛然回過神。當我停下腳步的瞬間，時間回來了。

空氣頓時流入肺部，我忍不住咳嗽起來。我彎下腰用力咳嗽，澪婆婆走到我身旁說：「啊喲啊喲，怎麼會這樣？」她的大手撫摸著我的後背。

「妳還好嗎？」

「澪婆婆、妳、怎麼、會在這裡？」

「因爲我想機會難得，想和你們一起去，結果追不上你們，正打算回家，但是幸好遇到了妳。」

澪婆婆笑著說，我的身影出現在她深沉的眼眸中。看到她眼尾溫柔的魚尾紋，我的淚水頓時奪眶而出。

「啊喲啊喲，加代，妳怎麼了？」

澪婆婆驚慌失措，我抱住了她。雖然她看起來身材高大，沒想到那麼纖瘦，這麼柔軟，而且很溫暖，身上散發出溫柔的味道。她的體溫和香氣，更讓我的淚水潰堤了。

「霑婆婆，霑婆婆，我被喜歡的人拒絕了。藍生說不要我喜歡他，怎麼辦？怎麼辦？」

我緊緊抱著霑婆婆哭了起來，霑婆婆也抱著我。她不知道哪來這麼大的力氣，用力抱著我說：「妳不要難過。我會聽妳說，我會聽妳慢慢說，所以妳不要難過，好不好？走吧，妳先和我一起回家，好不好？」

霑婆婆牽著我，我跟著她走了起來。我一路上抽抽噎噎，霑婆婆一直撫摸著我的背。

藍生似乎採買完畢後，對她們說「我今天先回家了」。我向霑婆婆和菜摘說完和藍生的事，哭累睡著醒來之後，才聽說這件事。

「我剛才已經打電話去妳家了，所以不必擔心，今晚妳就住在這裡。」

天色早就暗了，菜摘爲我做了壽喜燒烏龍麵。隔著烏龍麵冒出來的熱氣，看到了她們微笑的臉龐。我擦著再次流下的淚水，吃著烏龍麵。

「他當初說妳是他的妹妹，眞不誠實。」

霑婆婆喝著茶，嘟著臉說道，但是她的聲音完全沒有生氣。

「他應該一開始就告訴我你們是青梅竹馬。」

「他是顧慮到妳的感受，因爲妳叫他正臣，他可能覺得不該再有其他青梅竹馬的女生。」

「所以是我的問題？」

「這代表他很重視妳，妳應該感到高興。」

澪婆婆的眼神飄忽了一下，然後笑著說：「的確，妳說得也有道理，啊呵呵。」菜摘看著她的臉噗哧一聲笑了起來，然後對我說：「我相信他說不要，並不代表他討厭妳，應該是代表他不知道該怎麼辦。因爲他之前完全沒有發現妳的心意，所以大吃一驚，不知所措。」

咻嚕。我吸著烏龍麵。熱騰騰的烏龍麵很美味。

「藍生在離開之前拜託我照顧妳，他的表情看起來很凝重。如果他討厭妳，不可能露出那種表情。」

咻嚕。這次是吸鼻子。我知道。藍生並沒有討厭我，但是他不接受我的「喜歡」。

「藍生很快就要離開這裡了，他要去很遠的地方了，我們不能繼續在一起了。到時候就完全沒有機會了，甚至沒有機會雪恥，一切都完蛋了。」

即使每天見面，藍生仍然喜歡上別人。即使在身旁，他仍然離我而去，一旦變成遠距離，我更不可能靠近他。

「啊喲，如果只是時間和距離的問題，有什麼好哭的？眞是受不了妳。」澪婆婆瞪大了眼睛繼續說道，「他並沒有死，也沒有失蹤。如果眞的想見面，就可以見面，也可以聊很多話。以後也一樣。福岡有什麼問題？又不是去不了的地方，根本小事一樁。我雖然一把老骨頭了，如果可以見到正臣，我現在願意去天涯海角，即使是撒哈拉沙漠也照樣去。只要我丈夫在等我，即使在極光下見面，我也會去，而且會每天晚上四處找極光。」

「願意去天涯海角……」

「對啊，我會去啊。而且妳不是覺得，只要具備條件，就可能會成功，不是嗎？這是值得好好珍惜的自信。我以前總是輕易放棄。覺得『我這種人』不可能成功，於是就不敢向正臣告白；覺得『我這種人』不可以有怨言，所以就聽任公婆的擺布，在離婚協議書上簽了名；覺得『我這種人』不可以挽留，於是看著丈夫離去的背影，什麼話都不敢說，所以我始終都在想這些假設的情況。

有時候會覺得，如果當時努力爭取，如果當時沒有輕易放手，也許情況會不一樣。這幾十年來都一直這麼想，但是……」

澪婆婆可能說太多話了，咳嗽了幾下，喝了口茶。

「對了，既然有這麼難得的機會，我就告訴妳們。」

澪婆婆好像突然想起什麼事，輪流看著我們的臉。

「菜摘，妳也要記住，妳們的未來有無限可能性。無論是戀愛、友情和夢想，都從現在才開始，而且妳們可以做任何事，不可以還沒開始就放棄，也沒有任何會造成妳們絕望的障礙，所以完全不需要擔憂。不要讓自己後悔。只要牢記這件事就好。當然，妳們在未來會遇到很多困難，即使努力，也不一定能夠得到成果，但是，無論遭遇多麼痛苦、多麼悲傷的事都不必擔心，不需要憂慮。因爲總有一天，妳們能夠心情平靜地回顧所有的事，能夠接受所有的一切。在遙遠未來，自己一定能夠說，既然已經努力過了，這樣就夠了。雖然我留下了很多後悔，雖然我爲很多假設性的問題煩惱，但是我現在想要稱讚活到今天的自己，我想我終究還是用自己的方式走到了今天。所以妳們不必擔心，我可以向妳們保證。」

澪婆婆靜靜訴說的聲音溫柔地傳達到我的心裡，直直地打動了我的心。澪婆婆繼續說下去。

「如果妳們無法想像遙遠的未來，請妳們想起我。我會在遙遠的未來等待妳們。我會接受妳們所有的一切，然後緊緊擁抱妳們，對妳們說，我知道妳們很努力，所以妳們可以放心地受傷，放心地生活，努力不留下任何後悔和遺憾。」

和剛才不同的淚水滴落在烏龍麵碗內。啊啊，這番話一定很重要，我以後一定會一次又一次回想起這番話，然後每次都會覺得自己能夠繼續努力。無論多麼痛苦，都不是我一個人的痛苦，有人會等在遙遠的地方，憐愛我的這份痛苦。

「澪婆婆，我喜歡妳。」

當我抬起頭，情不自禁說了這句，澪婆婆瞇起眼睛，啊呵呵地笑了起來。

「這就是人生前輩的魅力，而且啊，我覺得自己上了年紀後，成爲了一個出色的女人。」

她調皮的笑容很美，就連稍微紅了眼眶的菜摘吐槽說「澪婆婆，妳心機太重了」，聽起來也很親切。

深夜，我睡在客房時醒了過來，因爲我似乎聽到了窸窸窣窣的聲音。我豎起耳朵，發現好像有人起床，不知道在幹什麼。我一看手機，發現是深夜兩點。是小偷嗎？我繃緊了全身，聽到了隱約的聲音。「……沒有。」我覺得聲音很熟悉，於是悄悄鑽出被子，躡手躡腳來到走廊上。

白天進行斷捨離的房間傳來了動靜，而且透出了微弱的光線。我打算向前一步，想看一下究竟是怎麼回事，聽到背後傳來小聲說話的聲音。「等一下。」我嚇得差點驚叫起來，但幸好即時忍住了。我戰戰兢兢地回頭一看，發現菜摘站在那裡。

「對不起，把妳吵醒了。」菜摘露出爲難的表情說。

「那、那個，有人、在房間裡。」我指著房間說。

菜摘小聲對我說：「是澪婆婆。妳悄悄偷看一下。」

菜摘指著拉門的縫隙，我屏住呼吸，向拉門內張望，看到澪婆婆不停地說著「沒有，這裡也沒有」，然後在找什麼東西。她把櫃子裡的東西都拿了出來，把書架上的書也都拿了下來，但突然坐在地上，用力喘著氣。她的呼吸急促，好像是從身體深處擠出來的聲音，高大的身體看起來很纖瘦，好像隨時會折斷。

「她在找什麼？」

「不知道。」菜摘搖了搖頭，「她自己也不知道究竟在找什麼，她說總覺得有什麼重要的東西，她把重要的東西收在某個地方，所以一直在找。我想應該是她丟掉了所有的東西，內心漸漸感到不安，可能是對什麼都不留下感到害怕。」

澪婆婆突然站了起來。她打開原本放在書架角落的小盒子，裡面似乎是首飾，她目不轉睛地看著好幾根纏在一起的項鍊，然後又放了回去，沒有蓋上蓋子，就丟在一旁。

「每次我進去，她就一臉尷尬地走回臥室。如果我提出要和她一起找，她就會惱羞成怒地說：『我不是說了什麼都不需要嗎！』她已經決定不對任何東西產生執著，所以覺得仍然心生執著的自己很沒出息。我對她說，不要這樣半夜偷偷摸摸，但她還是會趁我不注意的時候翻找。」

菜摘嘆著氣。澪婆婆不停地拿起東西，然後又丟在一旁，不時無力地癱坐在地上。她駝著背，茫然注視前方的表情看起來很無助，也很寂寞，簡直就像找不到回家路的孩子。

「我之前聽說她曾經在庭院裡東挖西挖。」

「妳也知道這件事？她有一段時間覺得可能埋在庭院裡了，但是最後什麼都沒找到。」

澪婆婆站起來的瞬間，身體搖晃了一下，發出了嘎噹的聲音。我在聽到聲音之前就衝了進去，扶住了澪婆婆。她一臉驚訝的表情。

「加代！啊、啊啊，呃，那個我去上廁所，覺得睡不著，所以想乾脆來整理一下。」

她拚命掩飾著，臉色有點蒼白，身體冰冷。不知道她在沒有開暖氣的房間內找了多長時間。

剛才拚命激勵我的人竟然這麼無助……

「……明天來大掃除！」

我突然大聲宣布。澪婆婆驚訝地看著我。

「每天這樣一點一點整理，不知道要整理到哪年哪月，澪婆婆，明天要徹底大掃除這棟房子，也要打掃庭院。菜摘姊姊，我們一起大掃除。」

我轉頭對菜摘說，菜摘也露出欣喜的表情說：「的確，這可能是最好的方法，一氣呵成，可能也有助於減輕澪婆婆的身體負擔，好，就這麼辦！」

我突然渾身是勁，一定要找出澪婆婆說「就是它！」的東西。

隔天一大早就是晴朗的好天氣。我拜託金文，請她找有空的朋友一起來幫忙。她原本說「啊？我忙著找男朋友，才不想去當什麼志工」，聽到菜摘說「等一下我弟弟會來幫忙，他和他的朋友都是醫學院的學生」，就立刻用不同的聲音說什麼「有任何事儘管吩咐」。

菜摘的弟弟葉月很帥，有一雙和他姊姊很像的大眼睛，他帶來的幾個朋友也都是清新爽朗的優質男生。金文、綺羅和小華來的時候就化了美美的妝，一看到葉月他們，立刻更加熱力四射地說：「我們今天會盡全力打掃。」眞是太感謝了。我問她們和加納，還有其他幾個人後來怎麼樣了，她們紛紛回答說：「喔，妳問他們啊？那幾個人雖然可能很會讀書，但視野太狹窄了。」「知性和品性都那麼差，那所學校眞的是升學高中嗎？」所以已經和他們徹底斷絕關係了。我原本以爲自己很積極，是很有行動力的人，但在她們面前，似乎只能自嘆不如，必須好好向她們學習。

「我向朋友借了小貨車，也找到了可以倒垃圾的處理場，大家向澪婆婆確認後，就把東西都搬上小貨車。文件相關或是無法判斷的東西，可以問菜摘，OK嗎？」

葉月向所有人說明，大家都很有精神地回答：「了解！」

玄關前放了一張椅子，澪婆婆坐在上面，當然也沒有忘記在她旁邊放一台電暖器爲她保暖，然後所有人開始分頭作業。

洋裝與和服，以及衣服配件、皮包、鞋子。書、唱片、CD、藍光光碟，滿屋子的東西不斷經過澪婆婆面前。

「啊，這個好漂亮！澪婆婆，這個大象的腰帶扣可以送我嗎?!」

「啊！小華，妳會穿和服？」

「我最近和媽媽一起在穿和服的教室上課，澪婆婆，可以嗎？」

「可以啊。妳願意接手，眞是太高興了。那是我在古董市集一眼看中買下來的。」

「澪婆婆，這些唱片太驚人了！八〇年代偶像的唱片……難以相信，中森明菜和山口百惠的唱片，竟然這麼齊全。」

「我以前很愛偶像，如果你想要，全都送你。」

「哇！澪婆婆！我想要瑞凡•費尼克斯的檔案夾，我會當成傳家寶！」

「送你、送你，我記得還有他的寫眞集。」

不時聽到歡呼聲，澪婆婆坐在大家的中央笑著，她的臉上完全找不到昨晚的無助，我鬆了一口氣。我不時瞄向她，尋找她一直在尋找的東西。是正臣的照片，或是她的結婚戒指嗎？也可能是她小時候的照片。我找出有可能性的東西，拿去給她看，但她每次都緩緩搖頭，我只能失望地搬去小貨車。

中午訂了許多披薩，大家一起吃完後，下午又繼續整理打掃。小貨車已經去了垃圾處理場一趟，葉月和幾個男生開始打掃庭院。葉月似乎想要把水池的水排空，我聽到他和朋友在討論，「讓水池裡的水流到側溝，不需要用抽水機，這種高低差，只要去買一條水管回來，就可以用虹吸原理搞定」。要把水池裡的水排空嗎？聽起來似乎很好玩，我也想去參一腳。因爲用水管就可以把水池裡的水清掉，而且打掃水池一定會弄得很髒，一定會超好玩。但是，我因爲前世因緣的關係無法去水邊。我一邊想著這些事，一邊把東西搬上已經回來的小貨車上。這時，聽到有人叫我「加代」，轉頭一看，藍生站在那裡。

「藍生，怎麼了？」

「妳還問我怎麼了，我很擔心昨天的事，所以就過來看看。你們在大掃除嗎？好像有很多人。」

藍生的頭髮比平時更凌亂。他看起來有點沒精神，我猜想藍生可能為我的事煩惱得一整晚都沒睡覺。

「加代，現在是什麼狀況？」

「大家正在一起幫忙澪婆婆斷捨離。」

「嗨！加代的男朋友……不是，是未來的！」

金文剛好看到我們。金文看到我露出「不要亂說話！」的表情，慌忙搞笑地敬了禮說：「啊喲，抱歉了。」然後轉頭對藍生說：「你可能已經知道了，加代眞的很優秀，這麼優秀的女生喜歡你，你應該感到高興！」

金文說完這句話後咧嘴一笑，然後走進屋內。金文，妳在幹嘛？別做這種事。雖然我為她的友情感到高興，也很感謝她，但這一招絕對會失敗。藍生又會對我說像昨天那樣的話。我想起昨天像惡夢般的話，差一點哭出來，於是低下了頭。

「對不起。」

頭頂上傳來藍生的聲音。

「眞的對不起，我昨天說的話很過分。」

他的聲音聽起來似乎發自內心感到煩惱和不知所措，而且我發現藍生以後也不可能愛上我這件事。在藍生的心中，我永遠都是青梅竹馬加代，我無法和他建立進一步的關係。藍生完全不希望我從女人的角度看他。

「那個、我、這個……」

我好想哭。澪婆婆，我還是不行。這不是時間可以解決的問題，我不行了。即使世界上只剩下我和藍生兩個人，他也不會接受我。澪婆婆，澪婆婆。我幾乎快哭著叫澪婆婆，突然想到一件事。趕快回想昨晚的事。

「我對妳、那個……」

「……別說了！」

我猛然抬起頭，對他笑了笑。

「我突然說那種話，你一定感到不知所措，我能夠理解。既然你提起這件事，那我就告訴你，我喜歡你。雖然我很晚才發現，但我應該很久之前就喜歡你了。但是，這不重要，我了解目前的情況了。」

我的聲音微微發抖，但是很可愛。我很爭氣。

「初戀都不會開花結果。藍生，你說得沒錯。我會先存錢，這樣才能隨時出發去找極光，我要先去申請護照。」

我又補充了一句「乾脆去打工好了」，藍生露出納悶的表情問：「什麼？極光？我完全聽不懂是什麼意思。」

「你聽不懂沒關係，總之，現在大家都在幫澪婆婆斷捨離，你也來幫忙，澪婆婆一定很高興。」

「我還是搞不懂是什麼意思。」藍生又嘀咕了一句，但發現我無意向他說明，嘆了一口氣說。

「我也會幫忙，我該做什麼呢？」

「菜摘的弟弟來了，他們說要用什麼虹吸原理把水池裡的水排掉，你要不要去那裡幫忙？」

藍生的雙眼立刻亮了起來。

「水池裡的水？有辦法用虹吸原理排出來嗎？我去看看。」

我原本以爲他會對菜摘的弟弟有興趣，沒想到他更好奇虹吸原理。如果換成是我，知道喜歡的人的家人在這裡，一定會更關心那個人。

即使同樣是「喜歡」，藍生的「喜歡」和我的「喜歡」性質不一樣。「喜歡」眞是太深奧了。

藍生喃喃自語著，跑向庭院的方向。我獨自留在原地，淚水終於流了下來。我的初戀結束了嗎？還是有機會可以挽回？我不知道。雖然不知道，但是我剛才很爭氣，讓我以後絕對不會爲這件事後悔。

咻。一陣風吹來，帶來了梅花的香氣。我看到遠處綻放的梅花。原來是那戶人家的梅花。我看著梅花，聽到屋內傳來金文的聲音。「加代，我找到了很多妳可能會喜歡的背包！是粉紅色的，超可愛，澪婆婆說可以送我們！」

「眞的假的?!我馬上過去！」

我大聲回答，跑向其他人。

那一天，最後並沒有找到澪婆婆想要找的東西。水池裡的水排空後打掃乾淨了，葉月和其他人甚至去閣樓尋找，但直到最後，都沒有聽到澪婆婆對任何東西說過「需要」這兩個字，但是，澪婆婆看到清空的房子，然後轉頭看著我們，露出微笑說：

「謝謝，謝謝你們為我找到了。」

我們都大吃一驚，分別看著各自手上的東西。每個人都從澪婆婆那裡得到了某些東西，澪婆婆看著我們每個人手上的東西，小聲地說：「那些一定就是我在找的東西。」

幾天之後，澪婆婆就離開了家裡。之前一直維持小康狀態的身體突然惡化，她被送去了醫院，等出院之後，似乎會直接搬去原本就安排好的安養院，不會再回到那棟房子了。菜摘告訴我們這些情況，我和藍生說想去探視澪婆婆，但遭到了拒絕。

「她說不想讓你們看到她虛弱的樣子，希望你們能夠見諒。」菜摘說完，又看著藍生說：「澪婆婆還要我轉達給你一句話，她說，這次輪到她不告而別了，希望你會想起她，只要偶爾就好。」

藍生露出困惑的表情，但似乎很快了解其中的意思，輕輕露出微笑說：

「原來如此，原來這才是我的任務。原來我被不告而別了。」藍生說話的聲音極其溫柔，又很寂寞。

之後，藍生搬去了福岡，菜摘在澪婆婆已經離開的那棟房子生活了三個月左右，有一天說「我已經了無遺憾了」，然後就出發去了比利時。我似乎看起來很沮喪，於是金文爲我安排了很多次聯誼。綺羅和小華徹底指導我該如何化妝，不知道是不是因爲得到了這些朋友幫助的關係，有一個比我大一歲的男生向我告白。這是我這輩子第一次被告白，看到那個男生眼冒愛心地看著我，我想起了之前的自己。雖然我當時婉拒了他，說「我考慮一下」，但我想起之前一直很希望感受一下第一次來自別人對我的「喜歡」，於是就透過社群媒體告訴了藍生這件事，沒想到藍生傳給我他完成的∀鋼彈木雕，和一臉得意地在小倉城天守閣拍的照片，然後就沒有下文了。太過分了。之後的那段日子，一下子收到男生約會的邀約而感到興奮雀躍，很快又覺得這個人果然不是自己喜歡的類型，一直重複這樣的過程，然後就迎來了夏天，接到菜摘的聯絡，說澪婆婆的房子要拆了。

我那天蹺課，獨自看著澪婆婆以前生活的地方遭到拆除。巨大的怪手把澪婆婆的房子一口一口咬碎。看著漸漸被咬碎、消失的空房子，我想著澪婆婆的事，想著那個身材高大，格外溫柔，了解很多愛和悲傷的人，回想起我們短暫相處的時光，以及她對我說的話。
從今往後，一定會發生很多事。
但是，不必擔心，不需要憂慮。
我注視著眼前的景象，在內心一次又一次重複這些話。

國家圖書館出版品預行編目資料

即使你不在這裡 / 町田苑香 著；王蘊潔 譯.--
初版.--臺北市：皇冠. 2024.5
面；公分. --（皇冠叢書；第5154種）
（大賞；161）
譯自：あなたはここにいなくとも

ISBN 978-957-33-4142-0(平裝)

861.57　　113004772

皇冠叢書第5154種

大賞161

即使你不在這裡

あなたはここにいなくとも

作　　者—町田苑香
譯　　者—王蘊潔
發 行 人—平　雲
出版發行—皇冠文化出版有限公司
台北市敦化北路120巷50號
電話◎02-27168888
郵撥帳號◎15261516號
皇冠出版社(香港)有限公司
香港銅鑼灣道180號百樂商業中心
19字樓1903室
電話◎2529-1778　傳真◎2527-0904
總 編 輯—許婷婷
責任編輯—黃雅群
內頁設計—李偉涵
行銷企劃—薛晴方
著作完成日期—2023年
初版一刷日期—2024年5月

讀者服務傳真專線◎02-27150507
電腦編號◎506161
ISBN◎978-957-33-4142-0
Printed in Taiwan
本書特價◎新台幣399元/港幣133元